Ali und Mamed freunden sich im kosmopolitischen Tanger der fünfziger Jahre an. Sie durchleben gemeinsam Schulzeit und politische Repression, retten einander das Leben im militärischen Erziehungslager. Die Freundschaft übersteht studien-, ehe- und berufsbedingte Trennungen. Drei Jahrzehnte lang. Bis der eine an Krebs erkrankt und sich vom anderen zurückzieht. Jeder der beiden Freunde erzählt seine Version der Geschichte, und es ist, als hätten sie nicht dieselbe erlebt.

Tahar Ben Jelloun wurde 1944 in Fès (Marokko) geboren und lebt heute in Paris. Er gilt als bedeutendster Vertreter der französischen Literatur des Maghreb. 1987 wurde er für seinen Roman *Die Nacht der Unschuld* mit dem Prix Goncourt ausgezeichnet, 2004 erhielt er für *Das Schweigen des Lichts* den IMPAC-Literaturpreis, 2011 wurde ihm der Erich-Maria-Remarque-Friedenspreis verliehen.

Tahar Ben Jelloun im Berlin Verlag:
Das Schweigen des Lichts (978-3-8333-0010-3)
Papa, was ist der Islam? (978-3-8333-0870-3)
Die Früchte der Wut (978-3-8333-0491-0)
Verlassen (978-3-8333-0948-9)
Yemma - Meine Mutter, mein Kind (978-3-8333-0583-2)
Zurückkehren (978-3-8333-0739-3)
Sohn ihres Vaters (079-3-8333-0995-3)
Die Nacht der Unschuld (978-3-8333-0722-5)
Arabischer Frühling (978-3-8370-1048-3)
Eheglück (978-3-8333-1015-7)
Der Islam, der uns Angst macht (978-3-8270-1289-0)

Tahar Ben Jelloun

Der letzte Freund

Roman
Aus dem Französischen
von Christiane Kayser

✺

Berlin Verlag Taschenbuch

2. Auflage 2015
Oktober 2006
Die Originalausgabe erschien 2004
unter dem Titel *Le dernier ami*
bei Éditions du Seuil, Paris
© 2004 Tahar Ben Jelloun
Für die deutsche Ausgabe
© 2004 Berlin Verlag in der Piper Verlag GmbH,
München/Berlin
Umschlaggestaltung: Rothfos & Gabler, Hamburg,
unter Verwendung einer Fotografie von
© Roger Wood/Corbis.
Gesetzt aus der Deepdene von psb, Berlin
Druck und Bindung: CPI books GmbH, Leck
Printed in Germany
ISBN 978-3-8333-0376-0

www.berlinverlag.de

Heute früh habe ich einen Brief bekommen. Ein Umschlag aus Umweltpapier. Auf dem mit einer weißen Dschellaba bedeckten Haupt Hassans II ein Stempel, Datum und Ausstellungsort sind schwer entzifferbar. Ich erkannte Mameds abgehackte Schrift. Oben links ist das Wort »Persönlich« doppelt unterstrichen. Innen steckt ein gelbliches Blatt. Einige brutale, trockene, endgültige Sätze. Ich habe sie immer wieder gelesen. Es ist kein Scherz, kein schlechter Witz. Der Brief soll den Empfänger zerstören. Die Unterschrift ist wirklich die meines Freundes Mamed. Da gibt es keinen Zweifel. Mamed, der letzte Freund.

I
Ali

1

Er sagte immer wieder: »Worte lügen nie; es sind die Menschen, die lügen. Ich bin wie die Worte!« Mamed lachte über seinen Einfall, zog eine schwarze Zigarette aus der Tasche und ging auf das Klo des Gymnasiums, um sie heimlich zu rauchen. Es war die erste des Tages und er fand, sie schmecke besonders. Wir warteten draußen auf ihn und hielten ängstlich Ausschau nach Monsieur Briançon, dem unbeugsamen Oberaufseher, der jeden Moment auftauchen konnte. Wir hatten Angst vor ihm, er war streng und bestrafte seine beiden Kinder genauso mit Nachsitzen wie jeden anderen Schüler, der Radau oder Mumpitz veranstaltete. Es gab keinerlei Chance, dass sich seine Laune je bessern würde, besonders nicht seit dem Tag, an dem sein Ältester zum Militärdienst nach Algerien eingezogen worden war. Wir schrieben das Jahr 1958. Algerien blutete bereits unter einem erbarmungslosen Krieg. Monsieur Briançon saß manchmal mit Monsieur Hakim, unserem Arabischlehrer, zusammen, der auch einen Sohn in der Schlacht hatte, allerdings auf Seiten der

Befreiungsbewegung FLN. Beide haben wohl über den Horror und die Absurdität dieses Krieges gesprochen, aber auch über die wilde Entschlossenheit der Algerier, ihre Unabhängigkeit wiederzuerlangen.

Mamed war klein geraten, hatte kurz geschorenes Haar, einen intelligenten Blick und viel Humor. Er schämte sich seiner schmächtigen Gestalt. Er dachte, solange er den Mund nicht aufmachte, würde kein einziges Mädchen ihn beachten. Er brauchte die Worte, um die anderen zu verführen, zum Lachen zu bringen oder schmerzhafte Spitzen auszuteilen. Er war bekannt für seine Kampfbereitschaft und nur sehr wenige Jungs provozierten ihn. Wir waren Freunde geworden, weil er mich verteidigt hatte, als ich von Arzou and Apache angegriffen wurde, zwei Ganoven, die wegen Diebstahl und Überfällen der Schule verwiesen worden waren. Sie hatten vor dem Gymnasium auf mich gewartet und mich in die Falle zu locken versucht, indem sie mich als »Al Fassi, du Zecke«, »Al Fassi, du Jude« beschimpften ... Damals mochte man die Leute nicht, die in Fes geboren und nach Tanger umgezogen waren. Man nannte sie »Leute aus dem Landesinneren«, was so viel hieß wie Ausländer. Tanger hatte internationalen Status und seine Einwohner hielten sich für etwas Besonderes. Mamed hatte sich zwischen die beiden Ganoven und mich geworfen; er zeigte sich entschlossen, für seinen Freund zu kämpfen. Arzou und Apache gaben klein bei und behaupteten: »War ja nur ein Scherz. Wir haben nichts gegen die Weißhäute von Fes. Sie sind wie die Juden, wir haben nichts gegen sie, aber sie setzen sich überall durch. Nein, nein, nur ein Scherz ...«

Mamed sagte mir, meine Haut sei zu weiß und ich solle mich am Strand sonnen. Er meinte, auch er fände, die Fassi seien wie die Juden, doch er bewundere sie und sei ein wenig neidisch auf ihren Minderheitenstatus in der Stadt. Er sagte mir auch, Fassi und Juden seien berechnend und geizig, intelligent und oft ausnehmend klug, doch er selber wünschte auch, so sparsam zu sein wie sie. Eines Tages zeigte er mir eine Seite aus einer historischen Zeitschrift, wo stand, dass mehr als die Hälfte der Leute aus Fes jüdischer Herkunft seien. »Der Beweis«, sagte er lachend, »alle Namen, die mit Ben anfangen, sind jüdisch, es sind aus Andalusien eingewanderte Juden, die sich zum Islam bekehrt haben. Schau mal, was für ein Glück du hast! Du bist Jude und musst doch keine Kipa tragen. Du hast ihre Mentalität, ihre Intelligenz und bist doch ein Moslem wie ich. Du hast alle Vorteile und, besser noch, keine der Unannehmlichkeiten, mit denen die Juden zu kämpfen haben! Ist doch normal, daß alle neidisch auf euch sind. Doch du bist mein Kumpel. Du musst dich nur anders kleiden und weniger geizig sein.«

Von Tanger aus gesehen kam mir Fes wie eine Stadt außerhalb der Zeit vor, oder vielmehr wie ein im zehnten

Jahrhundert verwurzeltes und verknöchertes Relikt. Nichts, aber auch gar nichts hatte sich seit ihrer Gründung verändert. Fes' Schönheit ist die Zeit. Ich war mir bewusst, dass ich eine lang vergangene Epoche hinter mir gelassen hatte und mich von einem Tag auf den anderen in einer Stadt des zwanzigsten Jahrhunderts wiederfand mit ihren Lichterketten, Asphaltstraßen, Autos und vor allem einer kosmopolitischen Gesellschaft, in der mehrere Sprachen gesprochen und in mehreren Währungen gezahlt wurde. Mamed machte sich über mich lustig und behauptete vor den anderen, ich sei »ein Überlebender der Urgeschichte«. Er konnte stundenlang erzählen von den alten Traditionen der Stadt Fes, die immer schon jede Modernisierung abgelehnt hatte, und er bestand darauf, dass Tanger nichts mit diesem »alten Teil« zu tun hatte, der die Touristen in Verzückung versetzte. Sein Vater, ein kluger und kultivierter Stadtältester, der mit der britischen Delegation auf vertrautem Fuß stand, korrigierte ihn: »Fes ist kein langweiliges altes Teil, im Gegenteil, es ist die Wiege unserer Zivilisation, zumindest was die Städtekultur betrifft. In Fes haben unsere von Isabella der Katholischen aus Spanien ausgewiesenen jüdischen und muslimischen Vorväter Zuflucht gefunden. Dort wurde die erste erstklassige islamische Universität, die Karaouiyne, gegründet, und zwar wurde sie von einer Frau erbaut, einer reichen Frau aus Kerouan! Fes ist an sich bereits ein lebendes Museum und müsste dem Weltkulturerbe angehören. Ich weiß, manche

Meisterwerke sind schlecht konserviert, doch es ist eine auf der Welt einzigartige Stadt, und schon alleine deshalb verdient sie unsere Achtung.«

Ich mochte diesen feinsinnigen, eleganten Mann. Er lieh mir oft Bücher aus und bat mich, sie seinem Sohn zurückzugeben, der nicht sehr gerne las.

Mamed wohnte nur einige Schritte vom Gymnasium entfernt. Ich war auf der anderen Seite der Stadt zu Hause, im am Meer gelegenen Marshane Viertel. Man brauchte bis dahin eine Viertelstunde oder sogar zwanzig Minuten zu Fuß. Er lud mich ein, bei seinen Eltern die Zwischenmahlzeit am Nachmittag einzunehmen. Ich fand das Essen sehr lecker. Das Brot kam aus einer spanischen Bäckerei, während es bei uns von meiner Mutter gebacken wurde. Allein schon dadurch konnte es nicht mithalten. Er wiederum reagierte genauso auf das bei Pépé gekaufte Brot. Er zog das meiner Mutter vor und sagte: »Siehst du, das ist richtiges Brot. Du machst dir keine Vorstellung, es ist selbst gebacken, wie wunderbar!«

2

Unsere Freundschaft entwickelte sich nach und nach. Mit fünfzehn schwanken die Gefühle. Damals interessierten wir uns mehr für Liebe als für Freundschaft. Wir hatten alle ein Mädchen im Kopf. Nur Mamed nicht. Er fand es lächerlich, einem Mädchen den Hof zu machen, und ging nie zu den von den Franzosen organisierten Partys. Er hatte Angst davor, dass sich ein Mädchen weigern würde, mit ihm zu tanzen, weil er klein war, sie ihn nicht schön fand oder ganz einfach, weil er Araber war. Er hatte Gründe für diese Vorbehalte: Auf dem Geburtstagsfest eines seiner Vettern, dessen Mutter Französin war, ließ ihn ein hübsches Mädchen gnadenlos abblitzen. »Nicht mit dir, du bist mir zu klein und nicht gerade beeindruckend!« Das Trauma nahm tragische Ausmaße an. Alle Diskussionen in den Pausen drehten sich um den Algerienkrieg, den Kolonialismus und den Rassismus. Er scherzte nicht mehr. Spontan stellte ich mich auf seine Seite und befürwortete alles, was er sagte. Unser Philosophielehrer las uns aus Frantz Fanons letztem Buch *Die Verdammten dieser Erde* vor und wir diskutierten stundenlang. Das war auch die Zeit, als wir Sartre deutlich Camus vorzogen, weil der doch gesagt hatte: »Zwischen meiner Mutter und der Gerechtigkeit entscheide ich mich für meine Mutter«. Mamed war bereits stark politisch engagiert, gab vor, Marx und Lenin zu lesen. Ich blieb auf Distanz, auch wenn ich entschlossen antikolonialistisch war. Ich las Dichter, klassische und moderne. Mamed war ein Aktivist geworden. Ich hatte mich verliebt, was ihn irritierte. Sie hieß Zina, war dunkelhaarig und sehr sinnlich. Zum ersten Mal kam mir der Gedanke, er könne eifersüchtig sein. Ich vertraute mich ihm an, er machte sich freundlich über mich lustig. Ich nahm das alles auf die leichte Schulter. Doch im Grunde genommen akzeptierte er nicht, dass jemand in unsere Freundschaft eindrang. Für ihn war das Zeit- und Energieverschwendung. Er gab unumwunden zu, dass er sich einmal am Tag etwas Gutes tat, indem er sich »einen Strohhalm gönnte« (das war die wörtliche Übersetzung von »Paja«, dem spanischen Ausdruck für Masturbation). Er riss Witze über diese Strohhalmgeschichte. Die Mädchen kicherten verlegen hinter vorgehaltener Hand. Er trieb den Scherz noch weiter und verglich die Mädchen mit »außergewöhnlichen Strohhalmen«. Unsere Picknicks wurden zu Abrechnungen. Er drängte uns dazu, das »Makelspiel« zu spielen, bei dem wir der Reihe nach die eigenen Makel aufzählen mussten, besonders und vor allem die verheimlichten und intimen Dinge. Er ging mit gutem Beispiel voran und zählte die eigenen Makel auf: »Ich bin klein, häßlich, unsympathisch, geizig, faul; ich furze gern bei Tisch, wenn ich mich langweile; ich bin kein guter Umgang; ich erzähle mehr Lügen als Wahrheiten; ich mag keine Menschen und bin gerne bösartig ... und jetzt du!«. Er sah mich herausfordernd an. Ich begann mit meiner Selbstkritik und übertrieb manche meiner Charakterzüge, was ihm gefiel. Meine Freundin mochte dieses Spiel nicht. Sie drohte uns, keine Ausflüge mehr mit uns zu unternehmen. Er brachte sie zum Schweigen mit der Drohung, Geheimnisse von ihr zu lüften, die er zu kennen behauptete. Ich war beunruhigt. Später gestand er mir, es wäre eine wirksame Taktik, da jeder Geheimnisse hat, die er nicht ans Licht gebracht wissen will. Im Grunde mochten die Mädchen ihn gerne. Khadija gab öffentlich zu, er gefalle ihr, auch wenn er nicht redete. Wir waren alle erleichtert. Falls Mamed sich auf ein Mädchen einließe, würde ihn das freundlicher und weniger bösartig werden lassen. Er war nicht verliebt, verbrachte aber viel Zeit mit Khadija. Eines Tages, als alles gut lief und unser Picknick ein Erfolg war, entschloß sich Mamed, das Makelspiel noch einmal zu spielen, aber diesmal sollte man die Fehler der Person angeben, die man am besten kannte. Die arme Khadija wurde leichenblass. Er fing an, von der Zahl zwölf zu reden. Zwölf Makel, von denen einige jeden Mann in die Flucht schlügen und andere ihn zum Frauenfeind machen würden. Er war nicht aufzuhalten. Obwohl wir alle protestierten, begann er mit seinen Vorhaltungen. Er nannte uns Angsthasen und Feiglinge. Zina schaltete ihr Kofferradio ein und stellte die Lautstärke auf Maximum, um Mameds furchtbare Worte zu übertönen. Dalida sang *Bambino*. Wütend stürzte sich Mamed auf den Apparat und schleuderte ihn ins Meer:

»Ihr müsst mir zuhören, es geht uns um die Wahrheit, und nicht um die Bewahrung der gesellschaftlichen Scheinheiligkeit, die dieses Land bei all seinen Unternehmungen lähmt. Ja, Khadija hat zwölf Makel; sie hat mindestens so viele wie jeder von uns. Wovor habt ihr also Angst? Hört mal: Sie ist achtzehn und noch Jungfrau. Sie wird lieber in den Arsch gefickt, als dass sie die Beine breit macht. Sie lutscht, schluckt aber kein Sperma. Sie nimmt Deodorant, statt sich zu waschen. Wenn sie kommt, brüllt sie die Namen aller Propheten. Heimlich trinkt sie Alkohol. Wenn sie Entzugserscheinungen hat, schiebt sie sich Kerzen in den Arsch ...«

Khadija flüchtete, gefolgt von den beiden anderen Mädchen. Wir schlossen uns ihnen an und ließen Mamed allein die Makel seiner Freundin herbeten. Wir waren verstört und beschlossen, keinen Ausflug mehr zum Alten Berg zu organisieren, solange dieses Monster in der Gegend war.

Am Abend klingelte Mamed an meiner Tür. In Tränen aufgelöst gab er vor, eine Haschischpfeife geraucht und ein besonders alkoholreiches spanisches Bier getrunken zu haben. Er wusste nicht mehr, wie er von uns Vergebung für diesen Skandal erlangen konnte.

Ich entdeckte in ihm einen traurigen, sich zutiefst unwohl fühlenden Jungen, der weder sich noch irgendjemanden sonst liebte. Er brauchte einen Psychiater. Er versicherte mir, er wolle es versuchen, habe aber Angst, für verrückt erklärt zu werden. Khadija sah er nicht mehr wieder. Von jenem Tag an isolierte sich Mamed. Ich war der einzige Mensch, den er an sich heranließ. Er vertraute mir und bemühte sich, nicht mehr ins Fahrwasser seines zweifelhaften Humors zu geraten. Jedoch hatte er sich ein wenig Ironie bewahrt, die er klug einsetzte. Während meine Liebesbeziehung oft auf praktische Schwierigkeiten stieß – wir hatten keinen Ort, wo wir uns treffen konnten –, erzählte mir Mamed von seinen heimlichen Treffen mit der jungen Frau, die bei seinen Eltern arbeitete. Deshalb griff er immer weniger auf den »Strohhalm« zurück und fürchtete, seine Mutter werde die Frau entlassen. Er sagte mir: »Sie ist ein Mädchen aus dem Volk, natürlich Jungfrau, wir reden nicht miteinander. Ich gehe nachts zu ihr. Sie erwartet mich nackt, auf dem Bauch liegend, ihr Hinterteil gut sichtbar. Ich lege mich auf sie und schiebe ihre Arschbacken auseinander, dringe in sie ein und lege ihr die Hand auf den Mund, damit sie nicht schreit. Ich ejakuliere nie in ihr. Ich mache meine Hoden leer, sie verspürt Lust, alle sind zufrieden. Morgens, wenn wir uns treffen, senkt sie den Blick und ich auch.«

3

Im Jahr unserer Abiturprüfung hatte er sich beruhigt und traf uns im Café Hafa zum gemeinsamen Büffeln. Er war gut in Mathe, was uns allen weiterhalf. Manchmal machte er Witze, aber er hielt sich an die Grenzen. Ich konnte ihn mit Khadija versöhnen, in die er, ohne es zugeben zu können, verliebt war. Er war es auch, der für mich ein Apartment auftrieb, wo ich endlich mit meiner Freundin schlafen konnte. Er sagte mir: »Schluß mit dem Flirten auf dem Friedhof. Ab morgen hast du die Wohnung unseres Sportlehrers François zur Verfügung. Er ist nach Hause in die Bretagne in die Ferien gefahren und hat mir die Schlüssel dagelassen, damit ich seine Katzen füttere und die Pflanzen gieße.«

Ich war närrisch vor Freude. Wir einigten uns auf einen Belegungsplan: einen Tag er, einen Tag ich. Wenn die Wohnung besetzt war, befestigten wir eine rote Reißzwecke an der Tür. Beim Weggehen ersetzten wir sie durch eine grüne. Wir verbrachten einen wunderbaren Sommer. Abends trafen wir uns und tauschten unsere Vertraulichkeiten aus. Der Ort war unser Geheimnis. Keiner aus der Clique wußte etwas davon. Es galt absolute Diskretion. Es war eine Frage von Leben und Tod für die Mädchen, die in jedem Fall bis zu ihrer Heirat die Jungfräulichkeit bewahren mussten. Wir trafen uns nachmittags, nie abends. Mit meiner Freundin praktizierte ich das, was wir damals »Pinselstrich« nannten: Ich rieb meinen Schwanz an ihrer Möse ohne einzudringen. Es war eine gewiefte Technik, bei der ich scharf aufpassen mußte. Mamed gestand mir, dass er den Analverkehr vorzog.

Dieser Sommer 1962 verband uns auf unvergessliche Weise. Freundschaft beginnt damit, dass man Geheimnisse teilt und Vertrauen entsteht. Mameds Schwester wurde Khadijas und Zinas Freundin. Das erleichterte uns die Ausflüge. Die Eltern brauchten sich keine Sorgen mehr zu machen. Mamed und ich hatten einen Kode entwickelt, mit dem wir bestimmte Dinge sagen konnten, ohne Argwohn zu erwecken. Er sagte mir: »Morgen muss ich die Pflanzen von Monsieur François gießen. Übermorgen bist du mit dem Katzenfüttern an der Reihe. Vergiss nicht, auf dem Fischmarkt einige Sardinen zu besorgen; die Tiere sind verwöhnt!«

Wir hatten zwar wenig Erfahrung, amüsierten uns aber gut. Eines Tages sagte mir Mamed, er habe Khadijas Hintern satt, er wolle in eine Vagina eindringen, in eine richtige Vagina, ohne Angst und Scham. »Wir müssen zu den Huren. Am besten in Ceuta, da sind die spanischen Huren sauber und gut in Form. Unser Kumpel Ramon geht mit, der kennt sich da aus. Wir müssen nur das Geld auftreiben. Ich sage den Eltern, dass wir nach Ceuta fahren um Platten zu kaufen, denn hier gibt es wenig Auswahl. Mein Vater liebt klassische Musik. Ich brauche ihm nur die letzte Einspielung von Mozarts *Don Giovanni* zu besorgen und er gibt mir das Geld. Lass dir für deine Eltern auch was einfallen ...«

Ramon war kein Gymnasiast wie wir. Er arbeitete mit seinem Vater in dessen Klempnerwerkstatt. Wir lernten mit ihm Spanisch und machten uns vor allem einen schönen Lenz. Er war bei den Mädchen äußerst beliebt. Ein Kumpel, der uns zum Lachen brachte, denn wenn er erregt war, fing er an zu stottern. Sobald er ein schönes Mädchen sah, stotterte er.

Dann saßen wir im Bus nach Tetuan und Ceuta. Abends waren wir da. Ramon hatte die Adresse einer Pension zum Übernachten und einer anderen zum Ficken.

Ich trank zum ersten Mal Wein und fand es scheußlich. In der Pension Fuentes saßen die Mädchen im Erdgeschoß zur Ansicht. Wir mußten im Voraus zahlen. Fünfzig Peseten für ein Mal. Mamed suchte sich eine Blonde mit dicken Brüsten aus. Es war in Wirklichkeit eine blondgefärbte Marokkanerin. Ramon war Stammgast. Er hatte seine »Übliche«, eine Rothaarige mit kurzem Haar und flinken Augen. Ich ging mit einer traurig blickenden, dünnen Dunkelhaarigen hoch. Ich dachte, sie sei sehr erfahren. Sie war aber nur müde und blasiert. Ich spritzte schnell ab. Sie stieß einen Seufzer der Erleichterung aus. Sie wusch sich vor mir, und als sie den Mund ausspülte, nahm sie ihre falschen Zähne heraus. Angeekelt ging ich wieder nach unten und wartete vor der Tür auf die anderen. Anscheinend hatte Mamed eine gute Wahl getroffen. Eine halbe Stunde Ficken im Vergleich zu meinen mickrigen fünf Minuten. Seine Partnerin nannte sich Katy. Meine hieß Mercedes, und ich war ihr vierzehnter Kunde an dem Tag. Sie sagte mir, sie tue es nie mit mehr als fünfzehn Kunden am Tag. Das sei ein Prinzip. »Aber du warst ja nur ein halber Kunde. Du bist einfach zu jung dafür!«

Halber Kunde! Ich war beleidigt und wollte nicht mit Mamed darüber sprechen, der sehr zufrieden wirkte. Er sagte: »Ich habe meine Hoden schön leer gemacht und

fühle mich gut. Katy hat versprochen, mich in Tanger zu besuchen. Ich werde sie bei ihr zu Hause ficken. Wenn du willst, bringt sie deine mit ... Wir gehen alle zu Ramon.«
Der nickte.

Alles, nur das nicht. Ich wollte nichts mehr hören von Ceuta und seinen Huren. Nie habe ich die Alte und ihre falschen Zähne vergessen. Absurde Bilder liefen in meinem Kopf ab. Das erinnerte mich zwangsläufig an die Sache mit der Vagina, die Zähne zum Zubeißen hatte. Mamed spürte, dass ich unglücklich war. Er dachte, es ginge um Moral, Schuldgefühle, Fehler und Sünde. Ich aber war einfach nur verletzt, weil ich gesehen hatte, was ich nie hätte sehen dürfen: eine zahnlose Frau, die sich die Schenkel mit einem alten, feuchten Lappen abwischte und ich, der ich mir die Hose zuknöpfte und dabei dachte, dass ich gerade einen unendlich traurigen Moment durchlebt habe. Er versuchte mich zu trösten. Er begleitete mich nach Hause und wir hörten den ganzen Abend Mozart. Mir war nach Weinen zumute. Am nächsten Morgen gingen wir früh in den Hammam der Rue Ouad Agardane.

4

Auch wenn er nicht mehr heimlich rauchte, so wagte er doch nie, es vor seinen Eltern zu tun. Das war eine Frage der Achtung. Sein Vater war ein Respekt einflößender

Mann. Zum Gruß küsste ich ihm die Hand, wie ich es auch mit meinem Vater tat. Er wusste nicht, dass sein Sohn Mamed genannt wurde. Eines Tages rief ein Klassenkamerad bei Mamed an und geriet an seinen Vater. Der fand den Spitznamen gar nicht lustig und belehrte seinen Sohn:

»Es war eine Ehre für mich, dir den Vornamen unseres geliebten Propheten zu geben. Ich habe eigenhändig das Schaf für deine Taufe geschlachtet und jetzt lässt du dich mit einem lächerlichen Namen nennen. Du heißt Mohamed und ich will nichts mehr von Nono oder Mamed hören.«

Mamed hatte uns von diesem Zwischenfall erzählt und uns daran erinnert, dass er ein schlechter Moslem sei, dieser Name schwer auf einem laste und alle Marokkaner Mohamed hießen.

Während des Ramadan trafen wir uns beim guten François, der uns Omeletts mit Pariser Champignons zubereitete. Mamed bestand darauf, eine Scheibe Schinken und ein Glas Wein dazuzunehmen. Nicht nur, dass er nicht fastete, er wollte auch alle Nahrungsverbote brechen. Ich gab mich mit dem Omelett zufrieden und bat Allah, mir dieses abweichende Verhalten zu verzeihen. Bei Sonnenuntergang saß jeder von uns am Familientisch und gab vor, Hunger und Durst gelitten zu haben.

Die Abende im Ramadan hatten etwas sehr Nettes. Die Cafés waren brechend voll. Die Männer spielten ein spanisches Würfelspiel namens »Parché«. Die Frauen gingen mit den Kindern spazieren. Die Stadt war sehr belebt. Mamed rauchte eine Zigarette nach der anderen. Es war die Marke Favorites, die billigsten und sicher ungesündesten. Ich hatte ihm von meiner ersten Frankreichreise eine Stange Gitanes mitgebracht. Er gab sie mir zurück und behauptete, guten Tabak zu verabscheuen. Sein Vergnügen finde er in jenen abgrundtief schlechten Favorites. Einige Tage später verlangte er nach den Gitanes und erklärte mir, er wolle sich nicht an sie gewöhnen, denn er könne sich diesen Luxus nicht leisten. Wir hatten ungefähr das gleiche Taschengeld. Unsere Eltern waren nicht reich. Mamed war ständig am Rechnen. Es langte hinten und vorne nicht mit seinen Zigaretten, schlechtem Wein und einigen Musikzeitschriften wie *Jazz Hot*. Ich selber war ein Kinofan und hatte in der Medina einen Verkäufer von remittierten Zeitungen und Illustrierten gefunden. Er wurde wegen einer körperlichen Behinderung »Monstruo« genannt. Er wand sich in alle Himmelsrichtungen, führte aber sein Geschäft mit Meisterhand. Niemand wagte, sich über ihn lustig zu machen, auch wenn er seinen Spitznamen akzeptiert hatte. Er befand: »Ich bin vielleicht schief und krumm, aber ich treibe es mit all euern Schwestern!« Er kaufte die Zeitungen zu einem Kilopreis und ließ uns in den Papierhaufen wühlen. Dort fanden wir *Le Pèlerin, Esprit, Les Temps Modernes*, aber auch *Ciné-Revue, Ciné-Monde, Les Cahiers du Cinéma, Positif* sowie *Le Chasseur Français, Nous deux, Confidences, Salut les Copains* usw.

Wir tauschten Bücher und Zeitschriften untereinander aus. Mamed machte sich über mich lustig, weil ich die *Cahiers* so gut fand. Er nannte mich einen Snob. Er bevorzugte *Positif* und eine Illustrierte mit Fotogeschichten über oft leicht bekleidete Frauen. Wir führten lebhafte Debatten darüber. Die anderen Freunde fühlten sich ausgeschlossen und sahen in uns Intellektuelle, die auf Frankreich fixiert waren. Was nicht ganz falsch war. Wenn es nicht um Sex ging, sprachen wir über Kultur und Politik. Wir waren einander trotz unserer Differenzen nah und in gewisser Weise Verschworene. Wir konnten keine einzige wichtige Entscheidung treffen, ohne dass wir uns absprachen und lange darüber diskutierten. Merkwürdigerweise redeten wir nie von Freundschaft. Wir durchlebten Augenblicke des Austauschs und teilten vieles miteinander. Wir waren glücklich. Erst die Eifersucht mancher Mitschüler ließ uns die Bedeutung der Bindung zwischen uns erkennen. Von Zeit zu Zeit gesellte sich Ramon zu uns und beobachtete amüsiert unsere Beziehung. Er fand sie außergewöhnlich, sagte uns, wir seien vertrauter als Brüder, er wäre gerne der Dritte im Bunde gewesen, doch er als Handarbeiter habe Schwierigkeiten, eine solche Freundschaft aufzubauen. Er täuschte sich, doch im wesentlichen trafen wir drei uns, um Mädchen aufzureißen.

5

Nach dem Abitur sollten sich unsere Wege trennen. Mamed war naturwissenschaftlich interessiert und für ein Medizinstudium bestimmt. Er träumte davon. Es war seine Berufung. Er bekam ein Stipendium und ging nach Nancy. Ich zog nach Kanada und studierte Filmwissenschaften. Die ersten Monate schrieben wir uns, dann wurden unsere Briefe seltener, doch jeden Sommer trafen wir uns am Strand von Tanger wie in der guten alten Zeit. Erneut das Mädchenaufreißen, Musikabende, Ferienliebschaften, Diskussionen um die Lage in der Welt, Graffiti auf die Mauern der amerikanischen Schule »Nieder mit dem US-Imperialismus«, »Go home«, »Sieg für Vietnam« ... Mamed erzählte mir da, er sei in die Kommunistische Partei Frankreichs eingetreten. Er redete in festgelegten Phrasen, hatte seinen Humor verloren, las mir aus den Werken Lenins vor, den er als »Genie« bezeichnete. Er rauchte immer noch so viel und sagte, dass er mit großem Vergnügen wieder auf die (nicht exportierten) Favorites zurückkomme. Sein politisches Engagement fraß seine ganze Zeit auf. Wir sahen uns weniger oft als vorher. Es beunruhigte mich, dass er sich überhaupt nicht für mein Filmstudium interessierte. Wir sprachen nur ein einziges Mal darüber und da sagte er mir, das amerikanische Kino trage zur Zerstörung der Kulturen und Völker der Dritten Welt bei, John Ford sei ein Rassist, Howard Hawks ein Manipulator und Fritz Lang ein einäugiger Tagträumer!

Ich hatte nicht gewusst, wie sehr die ideologische Indoktrinierung einen so klugen Kopf zukleistern konnte. Unsere Debatten hatten nichts mehr von der früheren Vertrautheit. Das einzige, das mir meinen alten Freund zurückbrachte, waren die Gespräche über die Mädchen in Nancy. Er sagte, es sei nun Schluß mit dem Arschficken. »Die Mädchen machen wirklich Liebe. Sie sind scharf auf Marokkaner, sagen, unsere Haut sei gebräunt von Sonne und Lust. Stell dir mal vor: schöne und willige Mädchen, keine Huren, sondern Mädchen, mit denen du von gleich zu gleich reden kannst. Ja, mein Freund, du solltest mich mal besuchen kommen. Leider habe ich wegen der schwierigen Seminare und der vielen Versammlungen kaum Zeit zum Bumsen, aber ich schaffe es trotzdem. Der einzige Bereich, in dem ich der Partei nicht treu bin, ist der Sex. Ich ficke nie mit den Genossinnen. Ich ziehe Mädchen vor, die keine Kommunistinnen sind. Ich weiß nicht warum, aber selbst bei hübschen Genossinnen steht er mir nicht. Es ist nun mal so: Ich habe mehr Spaß mit einer Laborassistentin oder einer Supermarktkassiererin als mit den Weibern aus der Partei. Und die Frauen sind frei. Die brauchst du nicht zwei Mal bitten, damit sie lutschen und runterschlucken: Sie stehen da drauf! Ich habe eine »Feste«, Martine, und zwei oder drei Gelegenheitsficks. Sie sind sympathisch, unkompliziert, direkt, frei und fröhlich. Nicht wie hier. Erinnerst du dich an Khadija und Zina? Diese Zicken! Kompliziert und schwierig! Bleib weg von meinem Jungfernhäutchen! Zum Glück bin ich weggeblieben, sonst wäre ich bereits eingepfercht, mit zwei Gören. Ich glaube, Khadija hat sich schließlich einen Arabischlehrer geangelt, weißt du, den Typen mit den dicken Brillengläsern. Er war sehr schüchtern. Sie haben geheiratet, sie hat mit dem Studium aufgehört und er verdient tausendeinhundertzweiundfünfzig Dirham im Monat. Ich habe seinen Gehaltszettel gesehen. Klar habe ich Khadija wiedergetroffen. Die ist oberscharf. Der Weg ist frei. Ich bin da einfach reingeflutscht. Immer noch beim lieben François, doch sie wollte mich weder küssen noch lutschen. Sie sagt, das ist nur für ihren Mann! Merkwürdig diese Marokkanerinnen. Doch sie ist echt gut, wenn du da drin bist. Sie presst die Schenkel fest zusammen und hält dich zurück, wobei sie sich leicht bewegt. Das ist aus Nafzawi, ich bin sicher, sie hat es im *Duftenden Garten* so gelesen und daraus gelernt. In Nancy gibt es auch Marokkanerinnen, aber ich ziehe die kleinen Ungläubigen vor. Sie sind pervers und so talentiert. Dort tue ich alles, was mir die Religion verbietet. Ich esse guten Schinken, trinke Bordeaux und schlafe mit verheirateten Frauen; ach ja, ich habe vergessen dir zu sagen, daß meine »Feste« die Frau des Buchhalters meiner Fakultät ist. Wir treffen uns am frühen Abend, wenn er seine Buchhaltung machen muss. Da läuft einfach alles! Und wie steht es mit dir und den Weibern? Mit deinem hübschen Gesicht, deiner Eleganz eines Sohnes aus guter Familie hast du bestimmt viel

Erfolg. Es stimmt, ich war immer ein wenig eifersüchtig auf dich. Ich mache doch nur Spaß. Da wirst du doch nicht gleich einschnappen. Ihr Fassis habt echt nicht viel Humor, aber ihr habt einen guten Stammbaum, seid schlau und ziemlich berechnend. Du kennst ja meine Meinung, aber dich mag ich wirklich gerne.«

»Immer noch Rassist und misogyn!«

Er tat, als habe er das nicht gehört und kam auf die internationale Lage zu sprechen. Dann, zwischen zwei Sätzen zum US-Imperialismus, hielt er inne:

»Miso... was?«

»Die Frauen sind für dich doch zweitklassige Wesen. Da liegst du auf gleicher Linie mit den Religionspredigern.«

»Ich und Religion? Du weißt genau, dass ich Atheist bin und die Frauen liebe! Ich miso...? Spinnst du Ali? Du erzählst einen Quatsch! ... Rassist? Ich Rassist? Weil weiße Haut mich nervt, bin ich doch noch lange kein Rassist! Die Fassis nerven doch alle Welt, das ist doch kein Rassismus, sondern Regionalismus. Das sage nicht ich, sondern unser Arabischlehrer hat diesen Unterschied schon immer betont. Sie sind überall, haben die besten Posten, sind gute Schüler und dann sollen wir sie auch noch mögen! Nein, mein Lieber, ich verzeihe dir ja, dass du Fassi bist, aber treib es nicht zu weit.«

6

Ich war immer noch in Zina verliebt und ertrug die Kälte in Quebec nicht. Was mich jedoch nicht daran gehindert hatte, mir eine Freundin zuzulegen, eine Vietnamesin, deren Familie vor dem Krieg geflüchtet war. Sie war sanft und seltsam, sprach sehr wenig und liebte es, sich stundenlang in meine Arme zu schmiegen. Sie war zwanzig und sah aus wie sechzehn. Das war mir unangenehm, wenn wir zusammen ausgingen. Ich war kaum zwei Jahre älter als sie. Alles an ihr war winzig: kleine Brüste wie Knospen, kleine feste Pobacken und vor allem eine klitzekleine Scheide. Alles an ihr war exotisch und unsere Beziehung war eher freundschaftlicher als leidenschaftlicher Art. Sie stellte mich ihren Eltern vor und ich diskutierte gerne mit ihnen über ihr Leben, das Exil und ihre Hoffnungen. Sie hassten die Kommunisten, wollten aber auch die Amerikaner nicht in Vietnam haben. Sie verehrten Frankreich und seine Kultur. Sie warteten auf ihre Papiere, um sich in Paris niederlassen zu können.

Ich schrieb Liebesbriefe an Zina, die mir mit Versen von Chawki antwortete, den wir den »Dichterfürsten« nannten. Sie wollte heiraten, Kinder haben, ein Haus und einen Garten. Das alles fand sie bei einem sehr viel älteren, entfernten Vetter, dessen Beruf man nicht genau hätte angeben können. Wie viele Männer aus dem Rif handelte er mit Haschisch. Von einem kurzen Aufenthalt in Tanger schrieb Mamed mir, dass dieser Mann von der spanischen

Polizei verhaftet und zu mehreren Jahren Gefängnis verurteilt worden sei. Zina meldete sich nicht mehr. Sie zog ihr Kind alleine in einem großen Haus mit riesigem Garten auf. Die meiste Zeit verbrachte sie in ihrem Garten voller Schaukeln und Hängematten damit, Sufi-Gedichte zu singen. Mamed ließ durchblicken, dass sie niemals ausgehe. Sie würde von der Familie ihres Mannes überwacht. Es war ihr verboten, die Schwelle ihres schönen Hauses zu übertreten. Ihr Mann informierte sich über alles, was in der Familie geschah. Eines Tages wollte er seinen Sohn sehen, und einer seiner Brüder holte ihn zum Besuch im Gefängnis ab. Zina hatte nicht einmal das Recht, ein einziges Wort dazu zu sagen. Der Boss hatte entschieden und sie hatte kommentarlos zu gehorchen. Selbst ihre Eltern durften sie nicht besuchen. Sie waren gegen die Heirat gewesen, hatten gemeint: »Diese Leute sind nichts für uns und wir sind nichts für sie. Aber so ist es nun mal eben. Unsere Tochter ist auf den Kopf gefallen. Sie ist verrückt nach diesem Mann.«

Als ich das erfuhr, war ich versucht, den Helden zu spielen und der Wachsamkeit aus dem Rif zu trotzen, indem ich Zina und ihren Sohn entführte. Doch wohin hätte ich mit ihnen gehen sollen? Ich dachte an Ramon, der die Schlosserei aufgegeben hatte und Immobilienhändler geworden war. Daher hatte er immer leere Mietwohnungen an der Hand. Vielleicht ist Zina so glücklich. Vielleicht liebt sie Männer, die sie leiden lassen. Sie hatte mir gesagt, sie liebe entschlussfreudige Kerle. Ich habe das nie geschafft und es waren immer die Frauen, die mich verließen. Ich spulte den Entführungsfilm im Kopf ab und dachte an Fritz Langs *Der Tiger von Eschnapur*. Über der Ausarbeitung des Drehbuchs, in dem ich mir eine körperliche Kraft und einen Mut zuschrieb, die ich nie besessen hatte, schlief ich ein.

7

Im Sommer 1966 sollten wir die Illusionen unserer Jugend verlieren. Mamed wurde von der politischen Polizei verhaftet. Wenige Stunden nach seiner Rückkehr aus Frankreich klingelten zwei Männer in Zivil an der Tür seines Elternhauses, verlangten seinen Pass und nahmen ihn in einem unauffälligen Wagen mit. Zu dem Zeitpunkt saß ich gerade im Flugzeug von Montreal nach Casablanca. Bei meiner Ankunft wurde ich nicht behelligt. Ich passierte die Polizei- und Zollkontrollen problemlos. In Tanger hatte ein in der Gemeindeverwaltung angestellter Vetter meine Eltern aufgesucht. Er hatte ihnen geraten, für einer Verschiebung meiner Rückkehr nach Marokko zu sorgen. Zu spät. Immer mehr Studenten, die politisch aktiv oder einfach nur links eingestellt waren, wurden verhaftet. Mameds Eltern hatten vierzehn Tage lang keinerlei Nachrichten von ihm. »Graue Männer«, wie meine Mutter sie nannte, klingelten um sechs Uhr früh an unserer Tür. Ihre Brutalität hatte meine Mutter in einer Erstarrung zurückgelassen, die ihren Gesichtsausdruck für mehrere Tage entstellte. Sie gaben keinerlei Erklärungen ab, führten skrupellos Befehle aus. Man sagte, die marokkanische Polizei habe alle Macken von ihrer französischen Vorgängerin übernommen. Wahrscheinlich hatten sie in Frankreich gelernt, wie man Gewalt ausübt und dabei sein Gewissen ausschaltet.

Im Gefängnis traf ich auf Mamed, der nicht wiederzuerkennen war. Er war abgemagert und man hatte ihm seinen Schädel geschoren. Wir waren zwei von weniger als hundert Studenten, die wegen »Angriffs auf die Staatssicherheit« verfolgt wurden. Wir verstanden nicht, was uns geschah. Mamed war gefoltert worden. Er konnte kaum gehen. Als erstes sagte er mir: »Ich habe nichts gesagt, denn ich wusste nichts. Wenn sie dich foltern, redest du, aber ich wusste gar nicht, was sie wissen wollten. Ich erfand Dinge, damit sie mit dem Schlagen aufhörten. Ich sagte irgendetwas und sie wurden immer brutaler. Sie hatten Akten zu jedem von uns seit unseren ersten Diskussionen auf dem Schulhof des Gymnasiums. Einer von uns muss ihr Informant gewesen sein. Wenn ich die Dinge miteinander vergleiche, kann ich mir denken, wer das gewesen ist. In jeder Gruppe gibt es einen Verräter, der seine Rolle zu spielen hat. Bei uns war es ein x-beliebiger Kerl, ein armes Würstchen, das sich rächte, weil das

Leben es nicht gut mit ihm gemeint hatte. Das Schlimmste ist, dass der Typ in der marokkanischen Verwaltung Karriere gemacht und einen verantwortlichen Posten im Innenministerium bekommen hat. Mein Gewissen war rein. Wir haben ja nichts Schlimmes getan, wir haben kein Komplott geschmiedet, nur diskutiert. Sie wollten Sachen wissen über den FLN, über die algerischen Kumpel, die in den Krieg gezogen waren. Sie brachten absichtlich alles durcheinander, um uns zu schwerwiegenden Geständnissen zu bewegen. Natürlich wussten sie, dass ich in der Partei war, doch die Partei war ja nicht verboten.«

Mameds Blick war eine Mischung aus Trauer und Stolz. Er kam mir gefestigt vor. Er drückte mich sehr fest an sich und flüsterte mir ins Ohr: »Nun, hast du in Quebec viel gevögelt?« Ich brach in Lachen aus. Die anderen Gefangenen waren nicht aus Tanger. Manche waren gewöhnliche Kriminelle. Sie verstanden nicht, warum wir im Knast waren. Einer fragte uns: »Habt ihr nicht mal ein Kilo Haschisch verhökert? Nichts gestohlen, nicht mal ein Polizistenschwein verletzt?« Für sie war Politik etwas Abstraktes. Ein älterer Mann, sicher eine Art Pate, fragte uns, was denn Politik überhaupt sei. »Wollt ihr Minister werden, einen Wagen mit Fahrer haben, Sekretärinnen mit kurzen Röcken, Zigarren rauchen und im Fernsehen auftreten? Wenn wir hier raus sind, könnt ihr das alles von mir haben. Nicht den Ministertitel, aber den ganzen anderen Kram. Ihr seid sympathisch, studiert an Universitäten und nun hat man euch verhaftet! Das ist verrückt, etwas stimmt nicht mit diesem Land ... Ich meine, es ist alles in Ordnung hier, aber es passieren Irrtümer ... Ihr macht nichts als reden, ihr könnt doch gar niemanden umbringen, nein, ihr seid zu weich, zu höflich, zu gebildet, null Risiko. Deshalb verstehe ich nicht, was ihr hier zu suchen habt. Etwas stimmt nicht mit unserem Land ...«

Er war in den Fünfzigern und war sich sicher, in einer Woche wieder auf freiem Fuß zu sein. Tatsächlich holte man ihn und erklärte ihm, er sei frei. Er betätigte sich nicht politisch, sondern organisierte den Haschischhandel nach Europa. Er zwinkerte uns zu, als sähen wir uns bald wieder. Gerade hatte er noch Zeit, uns seinen Namen oder vielmehr seinen Spitznamen, »Roubio«, zu nennen und anzugeben, dass sich sein Hauptquartier im Café Central im Viertel Petit Socco befindet.

Wir blieben etwa vierzehn Tage in diesem Gefängnis, dann wurden wir in ein Disziplinarlager der Armee verlegt, wo wir achtzehn Monate und vierzehn Tage verbrachten, ohne einen Prozess oder ein Urteil zu bekommen. Eines Morgens, bevor wir ins Lager gebracht wurden, kam ein Offizier zu uns und sagte, wir müssten einen Brief unterschreiben, in dem wir den König um Verzeihung bäten. Mamed war mutig und fragte: »Warum Verzeihung? Wir haben nichts getan, kein Verbrechen, keinen Fehler begangen, weswegen wir um Verzeihung bitten müssten ...« Der Offizier sagte: »Du Sturkopf erinnerst mich an meinen Sohn. Er rebelliert gegen alles. Ihr könnt von Glück reden, dass unser geliebter König, Allah preise ihn und schenke ihm ein langes Leben, gute Laune hat und da wagt ihr es, die Stimme zu erheben! Unterschreibt schon, genau hier, sonst werdet ihr des Ungehorsams gegen unseren geliebten König, Allah preise ihn und schenke ihm ein langes Leben, bezichtigt, und das ist schwerwiegend, äußerst schwerwiegend. Zum Glück bin ich kein Unmensch! Hättet ihr es mit El Lobo zu tun, müsstet ihr bereits eure restlichen Zähne zählen.«

Mamed sah mich an, er wollte meine Meinung dazu wissen. Ich nickte. Unsere Unterschriften kamen unten auf ein Blatt mit dem Briefkopf des Justizministeriums. Sowieso weiß der König nicht einmal, dass es uns gibt. Es ist also völlig egal, ob wir seine Gnade oder die Hand seiner Tochter erbitten: Uns gibt es einfach nicht!

8

Diese neunzehn Monate Haft, die als Militärdienst getarnt waren, zementierten unsere Freundschaft auf unwiderrufliche Weise. Nun waren wir ernsthaft geworden. Auf einen Schlag waren wir alt und gereift. Unsere Diskussionen waren nicht mehr vage, auch wenn wir uns bemühten, unseren Humor und eine Art Leichtigkeit zu bewahren. Über Frauen redeten wir mit einer gewissen Distanz und voll Hochachtung.

Eines Tages rettete Mamed mir das Leben. Das Essen im Lager war so ekelhaft, dass ich es mit großer Geschwindigkeit und zugehaltener Nase hinunterschlang. So verschluckte ich mich und wäre fast erstickt. Mamed schrie aus Leibeskräften um Hilfe und schlug mir auf den Rücken. Ich war ganz rot geworden und atmete immer schwerer. Er schrie so laut, dass die Wächter begriffen, dass Not am Mann war und den Arzt mitbrachten. Ich lag in Mameds Armen und hörte, wie er mich anflehte, nicht abzutreten. Seine Anwesenheit und Geistesgegenwart haben mich gerettet.

Ein anderes Mal ging es ihm schlecht. Er hatte furchtbare Bauchschmerzen. Er krümmte sich und erbrach grünlichen Schleim. Wir hatten weder Medikamente noch Trinkwasser. Ein starkes Fieber rief bei ihm Schüttelfrost hervor. Es war mitten in der Nacht und trotz unserer Hilferufe kam niemand. Ich habe ihm bis zum Morgen Bauch und Magen massiert. Er schlief ein, während ich weitermassierte. Am nächsten Tag brachten sie ihn auf die Krankenstation und dann ins Krankenhaus, wo er über eine Woche blieb. Er kam abgemagert und bleich zurück. Er sah, wie beunruhigt ich war, und um mich zu beruhigen, sagte er, wir seien auf Leben und Tod verbunden und nichts und niemand könne unsere Freundschaft zerstören.

Wir gaben Lrange, einem sympathischen Wächter, Geld und besorgten uns so Hefte und Stifte. Wir hatten beschlossen, Tagebuch zu führen. Mamed gab vor, kein Talent zum Schreiben zu haben. Er diktierte mir die Erlebnisse seines Tages. Wir erlebten weder die Zeit noch die Geschehnisse innerhalb der Gefängnismauern auf die gleiche Weise. Er sprach von einem weiblichen Ungeheuer mit Plastikzähnen, das ihn jeden Tag um die gleiche Zeit aufsuchte und mit dem er diskutierte und Zukunftspläne für die Zeit nach seiner Freilassung schmiedete. Er erfand unwahrscheinliche Situationen. Mamed war ein Erzähler mit einem seltsamen Fieber. Wäre er nicht krank gewesen, hätte man ihn für einen Surrealisten halten können. Es fehlte ihm aber an Worten, auch wenn er ausdrucksstark war.

9

Nach unserer Entlassung aus dem Gefängnis hatte sich unser Leben stark verändert. Trotz Fürbitten an hohen Stellen wurden unsere Pässe nicht erneuert. Wir wurden bestraft. Die königliche Gnade gab uns nicht unsere ganze Freiheit zurück. Wir verbrachten einen langen Vormittag im Hammam und trafen dort unseren Freund Ramon. Er liebte maurische Bäder. Wir sprachen sofort von unserem Bedürfnis, Frauen aufzusuchen. Er organisierte einen

Abend, an dem von ihm bezahlte Mädchen sich um uns kümmerten. Leider war unsere Libido noch vom Brom eingepfercht. Ich fühlte mich elend. Ramon beruhigte mich und meinte, das käme bei ihm oft vor. Er log sicher, um mir einen Gefallen zu tun. Der Alkohol schmeckte uns nicht, die Mädchen waren nett und wir völlig daneben.

Mamed nahm in Rabat seine Medizinstudien wieder auf. Ich ließ den Film sausen und immatrikulierte mich an der Philosophischen Fakultät in Geschichte und Geographie. Einer unserer Professoren erklärte uns das Wort Geographie: »Die Erde schreibt.« Sie schreibt auch die Geschichte der Menschen.

Die aufständische Bewegung der Studenten war weit verbreitet und es gab viele Aktionen. Mamed und ich fühlten uns nicht mehr angesprochen. Wir gehörten schon zu den »Ehemaligen«. Die Geheimpolizei spionierte uns Tag und Nacht nach. Mamed traute niemandem. Er traf sich jedoch öfter mit einem kleinen, hässlichen und schmutzigen Kerl, der sehr klug war. Der interessierte sich für alles und war sehr hilfsbereit, sehr beflissen, Mamed Gefallen zu tun. Ich hatte eine klare negative Intuition, was ihn betraf. Der Mann war zu nett, um ehrlich zu sein. Ich zog Erkundungen über ihn ein. Er war geheimnistuerisch und seine Vergangenheit zweifelhaft. Er behauptete, für eine Werbeagentur zu arbeiten. In Wahrheit war dieser gebildete, gewiefte Mensch ein Bulle. Das sollten wir aber erst später erfahren, als das Innenministerium ihn zum

Leiter der Zensurbehörde berief. Mamed fiel aus allen Wolken. Es tat ihm sehr weh, er warf sich vor, dass er sich hatte hereinlegen lassen. »Dabei unterhielt er sich mit mir über Kant, Heidegger, Film und Malerei. Dabei kritisierte er die Regierung und die Methoden der Polizei heftig!« Später machte der Mann Karriere beim Geheimdienst. Sein Traum war gewesen, Schriftsteller zu werden. Er veröffentlichte aus eigenen Mitteln ein paar hohle Gedichtbände, verteilte sie im Verwaltungsapparat und wurde in einer Sendung des staatlichen marokkanischen Fernsehens als neue Hoffnung der frankophonen Literatur vorgestellt.

Dieser Mann neidete uns unsere Freundschaft. Mamed hörte ihm zu, ohne ihn ernst zu nehmen, doch er weigerte sich, ihn endgültig aus seinem Bekanntenkreis auszuschließen, bis zu dem Tag, an dem er den Fehler beging, mich und meine Familie zu verleumden.

10

Mamed heiratete Ghita, noch bevor er seine Facharztausbildung zum Pneumologen abgeschlossen hatte. Seine Eltern gerieten in Panik und baten mich, ihn davon zu überzeugen, dass er warten solle. Sie sahen in mir seinen besten Freund, jemanden, den er schätzte und auf dessen Urteil er Wert legte. Doch natürlich fruchteten meine Bemühungen nicht. Mamed war besonders stur und ertrug es nicht, wenn man versuchte, ihn zu einer Meinungsänderung zu bewegen. Diese Starrheit an ihm irritierte mich. Wir vermieden das Gespräch darüber, denn bei solchen Gelegenheiten ließen ihn teilweise sein Humor und sogar seine Intelligenz im Stich. Eines Tages, nach einer Diskussion, bei der er gezwungenermaßen Fehler zugestehen musste, war er ungewöhnlich erzürnt und sagte: »Ich frage mich, warum wir Freunde sind, wenn wir uns in keinem oder fast keinem Punkt einig sind!« Ich nahm diese Überlegung nicht ernst. Von meinem Standpunkt aus fehlte es ihm an Klarsicht. Ich musste ihn doch auf seine Fehler aufmerksam machen können, so wie er es auch immer wieder mit mir tat. Doch wir waren nie quitt.

Die Hochzeit fand wie vorgesehen statt. Ich war der engste Freund des Paares. Ghita, braunhaarig, schön, war arbeitslose Soziologin. Ich hatte gewusst, dass Mamed eine Familie gründen wollte und von sexuellen Abenteuern die Nase voll hatte. Er hatte mit mir darüber geredet, doch ich hätte nicht gedacht, dass er sich so schnell entscheiden würde. Er sagte mir, es sei keine wilde Leidenschaft, sondern eine Liebe, die langsam entstehe, langsam aber sicher. Er hatte eine Theorie über die Ehe, die aus einigen Klischees und zum Teil auch originellen Ideen bestand. So meinte er, die Liebe komme, wenn man im Alltag zusammenlebe. Er führte als Beispiel oft seine Eltern an.

Auch meinte er, man solle lieber eine Person mit gutem Charakter aussuchen als eine arrogante Schönheit, die einem auf die Nerven falle. Mamed hatte sich in die Bürgerlichkeit zurückgezogen, und ich war der einzige Freund, mit dem er sich weiterhin zum Diskutieren und Analysieren traf. Er hatte sich verändert, hatte an Gewicht zugelegt und war cholerisch geworden. Ein Nichts irritierte ihn, er hatte keine Geduld mehr. Unsere Treffen verliefen nicht mehr so ruhig und angenehm wie früher. Fast hätte man denken können, mein Junggesellentum sei ihm ein Dorn im Auge.

Ich hatte keine Lust sesshaft zu werden und ein nettes Mädchen zu heiraten, nur um der Einsamkeit zu entgehen. Als ich Soraya traf, war es Liebe auf den ersten Blick, ein Blitzschlag, ein kleines Erdbeben, ein Sturm im Herzen, eine Lawine aus Sternen und Licht. Anders als Mamed wählte ich Schönheit gepaart mit Arroganz und Unbeständigkeit. Er weigerte sich, dazu seine Meinung abzugeben und meinte, dies sei zu intim, um unter Freunden abgehandelt zu werden. Gegen den Rat meiner Eltern heiratete ich Soraya. Ihre Gegenwart machte mich närrisch vor Glück. Sie war klug und schlau, spritzig und aufbrausend. Soraya gab mir ein Jahr voll Frieden und Glück. Sie widersprach mir nie, war doppelt aufmerksam und freundlich zu meinen alten Eltern. Sie zeigte sich sanftmütig und liebevoll und wurde sogar Ghitas Freundin. Mamed war zufrieden. Er wollte sie zu seiner Assistentin in der Praxis machen. Ich war damit nicht einverstanden, denn ich befürchtete, dies könnte eines Tages unsere Freundschaft beeinträchtigen. Mamed stimmte mir zu und stellte eine junge, nicht sehr graziöse, aber effiziente Krankenpflegerin ein.

Nach meinem Studium bekam ich einen Lehrauftrag für Geschichte und Geographie in Larache, einer kleinen Küstenstadt achtzig Kilometer südlich von Tanger. Ich pendelte zwischen beiden Städten, denn Sorayas Eltern hatten uns eine Wohnung in einem Gebäude, das ihnen gehörte, zur Verfügung gestellt. Sie weigerten sich, sie zu vermieten, denn für sie waren Marokkaner schlechte Mietzahler. Meine Frau arbeitete als Krankenschwester beim Roten Halbmond. Wir lebten wie Kleinbürger mit gebremsten Ambitionen und beschränktem Horizont. Von Zeit zu Zeit besuchte uns Ramon. Er hatte eine Marokkanerin geheiratet und war deshalb zum Islam übergetreten. Er nannte sich nun Abderrahim und sprach Arabisch. Er meinte, Ramon, Rahim, das sei ja fast das gleiche. Für uns blieb er Ramon.

11

Mamed und ich hatten ein kleines, harmloses wöchentliches Ritual: Sonntags trafen wir uns zwischen acht und neun Uhr im Café und unterhielten uns. Wir sprachen über aktuelle Fragen, meistens Politik, und danach gingen wir unwichtigen Klatsch durch. Von Zeit zu Zeit stießen alte Freunde aus dem Gymnasium und von der Uni zu uns. Eindeutige politische Stellungnahmen vermieden wir. Wir wussten, dass es in dem Café mehr politische Spitzel als Kunden gab. Es war die Zeit, als das Land im Ausnahmezustand lebte, als Oppositionelle verhaftet wurden und manche von ihnen verschwanden. Die Polizei gab vor, sie zu suchen, doch jeder wusste, dass eine andere Abteilung derselben Polizei für ihr Verschwinden verantwortlich war. Wir hatten alle furchtbare Angst davor zu verschwinden. Uns in Luft aufzulösen. Nur noch ein Häufchen Erde, eine Handvoll Asche zu sein. Nicht für tot erklärt zu werden, sondern in der Natur verloren gegangen zu sein. Verloren und nie wiedergefunden. Verloren und nie begraben. Ich erinnere mich an eine Mutter, die verrückt geworden war, mit einem Foto ihres Sohnes durch die Straßen spazierte und sich weigerte, nach Hause zu gehen, bevor sie ihr Kind nicht wiedergefunden hatte. Sie schlief auf dem Bürgersteig gegenüber dem Hauptpolizeikommissariat. Eines Tages verschwand auch sie. Man erzählt sich, dass die gleichen Kräfte am Werk gewesen seien. Wir lebten mit dieser Angst im Nacken und redeten nie darüber.

Wir tauschten normalerweise auch Bücher und Platten aus. Abends trafen wir uns mal bei dem einen, mal bei dem anderen auf einen Drink. Mamed zog schlechten

Whisky vor, den er mit viel Sprudelwasser verdünnte. Er rauchte schwarze Casa-Sport, ein Ersatz für die berühmten Favorites, die wegen des häufigen Auftretens von Lungenkrebs bei ihren Rauchern aus dem Verkehr gezogen worden waren. Ich begnügte mich mit einem Schuß Lagavulin, einem reinen Malzwhisky, Schmuggelware aus Ceuta, die ich bei einem jüdischen Krämer bezog. Wenn Ramon mit von der Partie war, trank er Cola. Als konvertierter Moslem spaßte er nicht mit der Religion. Kein Rioja mehr und auch kein Pata Negra Schinken. Wir neckten ihn und er lachte.

Wir redeten, debattierten, kritisierten, erfanden Wortspiele und suhlten uns in schwarzem Humor. Mamed war darin sehr viel besser als ich. Ich wiederum schlug ihn, was Kino und Gedichte betraf. Jedem sein Lieblingsgebiet. Wir versuchten, unsere Allgemeinbildung zu erweitern und hofften, der für die Menschen in Tanger typischen Lethargie und Faulheit zu entgehen, die besonders stark verbreitet war zu jener Zeit, als alle in einer Atmosphäre von Mißtrauen und unfassbarer, namenloser, farbloser Angst lebten.

Unsere Frauen trafen sich häufig, doch aus irgendwelchen Gründen wurden sie keine engen Freundinnen.

Wir sprachen selten über Probleme in unseren Ehen. Unsere Freundschaft ließ uns diesen Bereich meiden, intuitiv wussten wir, dass dabei nichts Gutes herauskommen könnte. Mamed ahnte meine Probleme, ich erriet seine Enttäuschung. Wir waren von Natur aus solidarisch, doch brauchten wir es nicht auszusprechen oder öffentlich zu zeigen. Normalerweise gab es weder Verbote noch Tabus zwischen uns, doch vielleicht erinnerten wir uns an die frauenfeindliche Mißdeutung des Refrains von Bob Marleys *No woman no cry*. Bei uns, das ist bekannt, bringen die Männer die Frauen zum Weinen. Zum Weinen und Schweigen. Kein Recht, sich zu beklagen. In der Freundschaft wie in der Liebe hat wohl jeder seinen geheimen Garten. Ich war wenig geheimnisvoll, doch Mamed liebte Geheimniskrämerei, eine Manie, die er in der kommunistischen Partei angenommen hatte.

12

Unsere Freundschaft erlebte eine fünf Jahre während Sonnenfinsternis. Ein weißer Fleck ohne Tintenklecks oder Federstrich. Eine Zeit, in der ein Teil von uns unter dem Teppich verschwunden war. Es hatte sich ganz natürlich eingestellt, ohne dass irgendeine Entscheidung getroffen worden war. Die Trennung hatte mit räumlicher Distanz zu tun.

Mamed bekam ein Angebot von der Weltgesundheitsorganisation. Er zögerte und entschloss sich schließlich, Marokko für einige Zeit zu verlassen. Ich hatte ihn ermutigt, aus seiner kleinen Gemütlichkeit in Tanger auszubrechen und sein Glück anderswo zu versuchen. Er reiste nach Stockholm, zuerst alleine, um sich einzurichten und zu sehen, ob er sich anpassen konnte. Meine Frau und ich kümmerten uns sehr um Ghita. Wir luden sie oft nach Hause ein. Ich hatte mich auch um einen Ersatz für Mameds Praxis bemüht. Ich machte die Buchhaltung, bezahlte die laufenden Kosten und alles, was seine Familie brauchte. Ich hatte ein Schulheft gekauft und schrieb alles bis auf den letzten Centime genau auf. Mamed wurde über alles auf dem Laufenden gehalten. Er rief oft an. Ich schrieb ihm Briefe mit allen Einzelheiten.

Im Sommer danach kam er zurück, entschlossen, sich in Nordeuropa niederzulassen. Er verkaufte meinem Neffen, der gerade sein Studium abgeschlossen hatte, seine Praxis. Mein älterer Bruder bezahlte anstandslos die vorgeschlagene Summe. Alles lief unter den bestmöglichen Bedingungen ab. Ich entdeckte nur, dass Mamed das Geld zu sehr liebte, vielleicht aus Angst vor dem Geldmangel oder einfach aus einem natürlichen Hang zum Geiz, den er hinter witzigen Wortspielen zu verbergen suchte.

Nach Mameds Wegzug fühlte ich mich sehr allein. Unsere Telefongespräche und unsere Briefe wurden immer seltener. Ich verfiel in eine Art Melancholie. Meine Frau verstand nicht, warum mir dieser Freund so sehr fehlte. Sie machte mir einige Eifersuchtsszenen und forderte mich immer wieder auf, doch endlich die Augen zu öffnen. Ich dachte, ich hielte sie ganz offen.

Eines Tages rief Mamed mich aus einer Kabine an und fragte, ob meine Frau da sei. Sie hatte an dem Tag Abenddienst. Er erzählte mir, seit sie in Schweden seien, sei sein Familienleben die Hölle. Ghita hatte sehr heftige Nervenzusammenbrüche. Ich war ihr Lieblingsziel. Sie bezichtige mich, ihren Mann beim Verkauf der Praxis übers Ohr gehauen zu haben. Sie war überzeugt, ich hätte unser Freundschaft missbraucht, damit mein Bruder ein gutes Geschäft machte. Ihre Eltern hätten sie über »den wahren Preis dieser Transaktion« informiert und ihr geraten, mir einen Prozess wegen Vertrauensmissbrauch anzuhängen. Ich war außer mir, zutiefst verletzt. Mamed sagte mir, das sei ein Vorwand, um das Band zwischen uns zu zertrennen. Ich vertraute ihm an, dass auch meine Frau eifersüchtig auf unsere Freundschaft sei. Ich begriff, dass unsere über lange Jahre gewachsene Beziehung bedroht war. Ich machte mir Illusionen, sah nicht klar. Zu keinem Zeitpunkt hatte ich in Erwägung gezogen, dass dieses Band zerreißen, dass es nicht fest genug sein könnte. Ich erlaubte nicht, dass sich ein Zweifel einschlich oder gar festsetzte.

Ich beging den Fehler, mit meiner Frau darüber zu sprechen, die die Situation nutzte und sich alles vom Herzen redete: »Du bist naiv. Dieser Typ hat dich benutzt, er hatte immer Eigeninteressen, seine Freundschaft war nie aufrichtig. Seine Frau hat Recht, uns alles Mögliche vorzuwerfen, wir haben ihr Gelegenheit gegeben, uns zu demütigen. Eine gute Tat wird oft mit einer bösen belohnt. Du müsstest das doch wissen, wo dich Leute, die du als Freunde betrachtetest, derart übers Ohr gehauen haben. Sie haben deine Freundlichkeit ausgenutzt, die eigentlich eine Schwäche ist, eine höhere Art von Dummheit. Jetzt hast du den Beweis, dass dein bester Freund ein falscher Hund ist, ein *Falso*, ein Pseudofreund, der vorgibt, auf deiner Seite zu sein, während ihn in Wirklichkeit seine Alte manipuliert, die vor Neid vergeht. Du solltest endlich einmal Entscheidungen treffen, Schluss machen mit all diesen Kerlen, die du triffst, denen du Geheimnisse anvertraust. Ich bilde mir sogar ein, du erzählst ihnen von unseren Streitereien und von unserem Intimleben. Du kannst nichts für dich behalten und deine Eitelkeit bringt dich zu Fall. Ach, der gute Professor, der herausragende Pädagoge, den das Ministerium durch einen Berater des Königs hat auszeichnen lassen! Ach, der ehemalige Linke, der sich angepasst hat und seine ehemaligen Überzeugungen öffentlich zurücknimmt! Endlich wissen wir dank Ghita Bescheid: Mamed ist nicht dein Freund. Er ist neidisch und nachtragend. Er steht bei seiner Frau unter dem Pantoffel, sie hat die Hosen an. Er tut, was sie ihm anordnet und du glaubst ihm all seine Geschichten. Du solltest dich lieber um deine Familie kümmern, etwas sparen, damit ich nach Frankreich kann und ein bekannter Frauenarzt mir endlich zu einer Schwangerschaft verhilft ...«

13

Ich hatte Soraya wegen ihrer Schönheit und Klugheit geheiratet. Seitdem sie wusste, dass sie keine Kinder bekommen konnte, war sie zu einer anderen Person geworden. Unser Leben drehte sich um dieses Problem. Sie las alles zu dem Thema, schrieb an Forscher in Frankreich und den USA, machte eine Spezialdiät, um den Eisprung zu erleichtern, ging zu Wahrsagerinnen und führte sogar ein Telefongespräch mit Jacques Testard, dem damals ein Erfolg mit »Amandine, dem ersten Baby aus der Retorte« gelungen war. Sie wollte unbedingt eine Befruchtung in vitro versuchen. Ihre Eltern waren dagegen und wiesen darauf hin, dass alles in der Hand Gottes sei und man seinem Willen nie zuwiderhandeln solle. Die Meinung ihrer Eltern war wichtig, denn sie konnten ihr eine solche Behandlung bezahlen. Um das gleich klarzustellen: Ich machte die notwendigen Untersuchungen, um die Fruchtbarkeit meines Spermas zu überprüfen. Ohne mich auf religiöse Überzeugungen zu beziehen, die ich im übrigen nicht hatte, drängte ich Soraya, in eine Adoption einzuwilligen. Dabei entdeckte ich, dass der Islam die Adoption verbietet, dass eine Familie ein Findelkind aufnehmen, es aufziehen, ihm seine Chance geben konnte, doch dass es immer das uneheliche Kind, die Tochter oder der Sohn der Sünde bleiben würde, das kein Recht hatte, den Namen der Adoptivfamilie zu tragen. Eine Frage des Erbes und auch des Inzestrisikos. Leider macht aber wiederum die Korruption alles möglich! Man fabriziert falsche Papiere, falsche Zertifikate und auch falsche Familienbücher. Selbst wenn Soraya akzeptiert hätte, ein Kind zu adoptieren, musste ich ihr sagen, dass ich nichts Illegales machen wollte.

Die Geburt von Adil, dem ersten Kind von Mamed und Ghita, war für Soraya eine Tragödie. Sie bemühte sich sehr, ihren Neid zu überwinden und sich darüber hinwegzusetzen. Dadurch fand sie zu einer gewissen Freude zurück und wir erlebten wieder heitere, glückliche Momente. Doch eine Kleinigkeit, ein Wort, eine Geste genügten, um sie wieder in jenes Unbehagen stürzen zu lassen.

Einmal war es das Treffen mit einer schwangeren Kusine, das sie unglücklich machte, ein anderes Mal die Frage einer Nachbarin oder eine Werbung für Windeln im Fernsehen.

Ich weiß nicht, ob meine Freundschaft mit Mamed darunter gelitten hat. Anscheinend hatten die Entfernung, die Seltenheit der Kontakte unsere Beziehung geschützt. Wenn Mamed mich anrief, um Neuigkeiten zu erfahren, redete er mit mir, als hätten wir uns erst am Vortag gesehen. Ich vermied es, mit ihm über Sorayas Probleme zu sprechen. Auch er redete mit mir nicht über seine Beziehung zu seiner Frau. Wir sprachen über Kultur. Er empfahl mir Bücher, Filme, die er vor mir gesehen hatte.

Ich erzählte ihm den Klatsch aus Tanger. Er wollte gerne über alles Bescheid wissen, so als gehöre die Stadt ihm.

Tanger ist eine »fesselnde« Stadt. Sie fesselt einen mit alten Stricken, die zerstreute Matrosen am Hafen vergessen haben, an einen Eukalyptusbaum; sie verfolgt einen wie ein Fluch, man ist von ihr besessen, wie von einer auf ewig unerfüllten Leidenschaft. Daher spricht man von ihr, man meint, dass ohne sie jedes Leben trist sei; man muss unbedingt wissen, was dort geschieht, und ist doch überzeugt, dass nichts Wesentliches dort passieren kann; Tanger, das ist wie eine zweideutige, beunruhigende, illegale Begegnung, eine Geschichte, hinter der sich andere Geschichten verbergen, ein Geständnis, das nicht die ganze Wahrheit enthüllt, eine vertraute Melodie, die einem das Leben vergiftet, sobald man sich zu entfernen wagt. Man spürt, dass man Tanger braucht, und weiß doch nicht warum. Das ist die Stadt, in der unsere Freundschaft entstand und die in ihrem Schoß den Instinkt zum Verrat trägt. Ich erzähle Mamed die letzten Neuigkeiten und amüsiere mich, denn ich weiß, dass das alles ihm fehlt: Brik hat die Witwe von Ismael geheiratet. Fatima wurde verstoßen, weil sie ihren Mann mit einer französischen Entwicklungshelferin betrogen hat. Das Regnaut Gymnasium hat einen neuen Anstrich. Das Cervantes Theater ist immer noch nicht aus dem Ruin heraus. Alan Ginsberg hat seinen Freund Paul Bowles besucht. Er hat ein Haschischpfeifchen im Café Hafa geraucht. Das *Journal de*

Tanger hat einen neuen Besitzer. Das Kino Lux ist wegen Bauarbeiten geschlossen. Das Mabrouk wurde abgerissen, an seiner Stelle wird ein Hochhaus errichtet. Tanger hat seit sechs Monaten keinen Gouverneur mehr und niemand hat es bemerkt. Der König hat versprochen, Tanger einen Besuch abzustatten, doch niemand glaubt daran. Es gibt immer mehr sogenannte »Minzgebäude«: Sie sind bewohnt, doch keiner kennt ihre Besitzer. Das amerikanische Konsulat ist geschlossen. Von Beni Makada aus sind Protestdemonstrationen gestartet. Barbara Huttons Haus ist verkauft worden. Yves Vidal hat in seinem Palast in der Kasba ein großes Fest gegeben. Sein Freund Adolfo hat zum Abendessen geladen, um den Bau eines Swimming Pools auf dem Dach seines Hauses in der Altstadt zu feiern. Tennessee Williams hatte so viel getrunken, dass er auf einer Türschwelle in der Rue Siaghine eingeschlafen ist. Ich habe Jean Genet im Café de Paris gesehen. Francis Bacon hat im kleinen Supermarkt den gesamten Alkoholvorrat aufgekauft. Am Hafen hat eine Abrechnung zwischen Schwarzhändlern drei Opfer gefordert. Momy wird immer magerer, fährt in einem rosaroten Cadillac mit einer stark geschminkten Blondine auf dem Rücksitz herum. Ich habe Hamri im Café gesehen; er sagt, dass seine Bilder nach seinem Tod etwas wert sein werden. Ramon ist immer noch in seine Marokkanerin verliebt. Er ist ein echter Moslem geworden und raubt seiner Familie den letzten Nerv. Das Hotel Minzah ist an einen Iraker verkauft worden, der von Interpol gesucht werden soll. Das Café de Paris hat neue Möbel. Die Teestube Porte ist weiterhin geschlossen. Es gibt einen neuen Rundfunksender. Das Hotel Rif funktioniert so halb. Die Buchhandlung Des Colonnes ist immer noch am alten Ort. Das Claridge auch, aber der Kaffee ist nicht mehr so gut wie früher. Diesen Sommer war der Ostwind heftig. Gibair fliegt nicht mehr nach Gibraltar. Es gibt nur noch vier Inder in der ganzen Stadt, zwei haben einen Laden in Socco Chico und die beiden anderen verkaufen am Boulevard Pasteur Uhren. Die Kirche von Siaghine ist geschlossen. Die Synagoge eine Straße weiter ist immer noch offen, hat aber wenige Besucher. Tanger hat neue Stadtviertel, wild zusammengebaute Gebäude ohne Grünflächen, ohne jede Ästhetik, wenn du das sehen könntest, wärest du sehr traurig. Ein neues »illegales und spontanes« Viertel nennt sich Saddam. Die Regierung hat gerade den Vornamen Saddam verboten. Der König ist ohne anzuhalten vorbeigefahren. Der Zug hat ihn zum Hafen gebracht, wo er das Schiff nach Libyen genommen hat. Die Menschen haben den ganzen Tag lang in der prallen Sonne auf ihn gewartet, sie fühlen sich betrogen. Elizabeth Taylor hat im Forbes Geburtstag gefeiert, und ich? Was ich? Ich unterrichte immer noch, bin befördert worden, habe fünfhundert Dirham mehr Gehalt und bin versetzt worden: Ich unterrichte jetzt in einer Pädagogischen Hochschule in Tanger ...

14

Ich habe meinen Geburtstag nie gefeiert, doch Mamed schickte mir jedes Jahr einen kleinen Gruß und ein Geschenk, oft ein Buch oder eine Platte. Wir waren der gleiche Jahrgang, doch er war drei Monate älter als ich. Seit er in Schweden lebte, meldete er sich nicht mehr. Ich fand das normal. Unsere Freundschaft hatte einen anderen Ton und eine andere Farbe angenommen. Sie war wesentlicher und weniger alltäglich geworden, man könnte auch sagen, sie wurde ein bisschen auf Sparflamme gehalten in Erwartung eines Wiedersehens, bei dem uns klar werden würde, dass sie nichts von ihrer Intensität eingebüßt hatte.

Eines Tages rief mich Mamed an und bat mich, so schnell wie möglich seine kranke Mutter aufzusuchen. »Geh hin und sage mir, ob ihr Zustand es wirklich nötig macht, dass ich komme. Ich sage dir das, weil mein Bruder übertreibt und mir Schuldgefühle einzujagen versucht. Du weißt, wie es in den Familien zugeht. Also, geh hin, rede mit ihrem Arzt und morgen rufe ich dich um diese Zeit wieder an. Ich vertraue dir mehr als meinem Bruder. Du bist sicher objektiver. Ich habe meinen Vater gesprochen, der alles weniger tragisch sieht. Er hat Angst, dass ich das Flugzeug nehmen würde. Du weißt wie er ist.«

Der Zustand seiner Mutter war alarmierend. Ihre Diabetes war nicht mehr kontrollierbar. Sie aß nichts mehr und hatte dennoch einen zu hohen Blutzuckerspiegel. Sie wies noch andere Symptome auf, erkannte niemanden mehr und vor allem konnten die Ärzte ihr nicht mehr helfen. Ich sagte Mamed, er solle sofort kommen. Zwei Tage später war er da. Seiner Mutter ging es ein wenig besser. Er sah mich an, als hätte ich ihn verraten oder als hätte ich übertrieben, um ihn herzubringen. Seine Mutter, die ihn mehr liebte als seinen Bruder, hatte nur auf ihn gewartet, um zu sterben. Das sagte sie ihm auch. Sie starb in den Armen ihres Lieblingssohns. Er umarmte mich weinend und bat mich um Verzeihung für seine Zweifel und Verdächtigungen. Ghita war in Stockholm geblieben, denn sie war im siebten Monat schwanger. Ich habe mich um das Begräbnis gekümmert, als sei es das meiner eigenen Mutter. Mamed war sehr betroffen, weinte still vor sich hin und fühlte sich schuldig, so lange weggeblieben zu sein, was ihm sein Bruder umstandslos immer wieder in Erinnerung rief. Er wohnte eine Woche lang bei uns. Etwas in ihm hatte sich verändert, doch ich wusste nicht was. Er rauchte immer noch so viel und trank auch nicht wenig. Er hatte auch in Schweden billige Zigaretten aufgetan. Er war abgemagert und sprach begeistert von dem System der nordeuropäischen Länder. »Eine wahre Demokratie, keine Korruption, keine Staatslügen, keine Bettler auf den Straßen, nur ein paar Alkoholiker, eine Achtung der Menschenrechte, von der Marokkaner und Araber überhaupt nur träumen können, die Einwanderer werden sehr respektvoll behandelt, ihre Rechte gewahrt, sie können die Sprache lernen, in ordentlichen Wohnungen leben,

Staatsbürger wie alle anderen sein. Doch schockierend ist, dass die Schweden finden, ihre Demokratie habe noch nicht das ideale Niveau erreicht, die Korruption existiere noch in bestimmten Wirtschaftszweigen, die Sicherheit sei noch nicht hundertprozentig gewährleistet, die Alten würden in den Krankenhäusern nicht gut aufgenommen. Sie erwähnen das Beispiel eines älteren Paares, das nicht die Fürsorge bekam, die es erwartete und deshalb einen Brief verfasste, bevor es sich in einen Kahn setzte, um sich im Meer vor Göteborg zu ertränken. Was gäbe das bei uns, wenn alle Kranken, die keine Aufnahme im Krankenhaus finden oder dort schlecht behandelt werden, sich umbrächten? Da blieben nicht mehr viele lebende Marokkaner übrig! Und dennoch fehlt mir mein Land, seine Gerüche, seine morgendlichen Düfte, seine Geräusche, die Gesichter der Unbekannten, denen man oft begegnet, die Hitze des Himmels und die menschliche Wärme. Ich bin hin- und hergerissen. Ich arbeite unter idealen Bedingungen, verdiene sehr gut, mehr als die Hälfte meines Einkommens sind Steuerabgaben, mein Kind wächst in einem Land mit einer funktionierenden Justiz auf, wo es protestieren kann, frei reden, an Gott glauben oder auch nicht. Es ist frei, aber ist es glücklich? Vielleicht übertrage ich ja meine Zweifel und mein Unbehagen auf unser Kind. Ghita ist sehr glücklich. Sie hat Freundinnen, Frauen, die in einer Nichtregierungsorganisation engagiert sind. Sie arbeitet unentgeltlich in einer Hilfsorganisation für Exilanten. Doch ich langweile mich, ich komme um vor Langeweile. Tanger fehlt mir und es fällt mir schwer, das zuzugeben, diese nostalgische und lächerliche Seite zu überwinden. Weißt du, am meisten fehlen mir unsere Diskussionen im Café de Paris und im Café Hafa. Ich habe Marokkaner kennengelernt, meist Exilanten. Sie sprechen nur über Marokko, glauben, alles sei immer noch gleich. Sie sind krank vor Sehnsucht, bereiten Tagine zu und besorgen Gewürze bei den Iranern und Türken auf dem Markt. Sie verbringen ihre Zeit mit dem Bedauern, dass sie in Schweden sind, dem Land, das ihnen eine Chance zum Überleben und zu einem Neuanfang gegeben hat. Sie sind nie froh, nie zufrieden. Sie sind unglücklich und ich wette, wenn sie nach Hause zurückkehrten, würden sie es dort nicht länger als vierundzwanzig Stunden aushalten! Sie sind kaputt und ich will nicht so werden wie sie. Deshalb habe ich beschlossen, mindestens zweimal im Jahr hierher zurück zu kommen. Ich muss ein Gleichgewicht finden zwischen dem Land der idealen Demokratie und dem der allgemeinen Korruption, dem Land der Gerechtigkeit und dem der Kompromisse, zwischen der Einsamkeit des Individuums und der Invasion der Großfamilie. Kurzum, ich muss den Spagat machen. Der Spagat heißt seine Seele nicht verlieren und doch die Errungenschaften der Demokratie nutzen. Im übrigen: Die Politiker in Schweden bleiben einfach und zugänglich und haben aber gerade dadurch einen der Großen unter ihnen verloren,

Olof Palme, der Premierminister, der umgebracht wurde, als er aus dem Kino kam. Siehst du, bei uns würde nie ein Minister wie ein einfacher Bürger ins Kino gehen. Bei uns hat schon der Unterstaatssekretär im Handwerksministerium Motorradschutz und Leibwächter. Der Verkehr wird angehalten, Sirenen ertönen unter totaler Missachtung der Passanten, der Bürger ...«

15

Vor seiner Abreise besuchte Mamed meine Eltern. Er untersuchte meinen Vater, der unter Atembeschwerden litt, und verschrieb ihm Medikamente, wobei er sich fragte, ob es die in Marokko überhaupt gab. Sonst wollte er sie mir per Post schicken. Meine Mutter schenkte ihm eine Dose mit Plätzchen, die sie gerade gebacken hatte. »Das ist gut für den Winter. Nimm sie mit. Ich hoffe, du magst Mandelgebäck. Nimm auch diese zwei Brote, die kommen ganz frisch aus dem Ofen. Selbst gebackenes Brot ist etwas Gutes. Ich bin sicher, deine Mutter hat dir Essen mitgegeben, das habe ich bei meinen Kindern immer getan. Sie sollen anständig essen. Besuch uns mal wieder. Falls du etwas brauchst, du weißt, hier bist du wie zu Hause. Komm her, mein Sohn, lass dich umarmen. Ich segne deine Reise ...« Mamed hatte Tränen in den Augen. Er umarmte sie und versprach wiederzukommen.

Mein Vater erhielt von ihm ein Päckchen mit Medikamenten, meine Mutter einen hübschen Kaschmirschal und ich einen Kugelschreiber. Mamed bekam ein zweites Kind. Einen Sohn, den er Yanis nannte. Am Telefon sagte er mir, das sei nahe an Anis, dem »Gefährten«, doch in Wahrheit die griechische Form von Jean oder Johannes. »Er ist ein kleiner Schwede, der in diesem Land leben wird. Bei mir ist das anders. Ich bin zu alt, um ein neues Leben anzufangen. Ich begnüge mich damit, meinen Alltag zu bewältigen. Ich tue meine Arbeit sorgsam, ich versuche keinen Spagat mehr, ich bin müde. Was Yanis' Beschneidung angeht, da überlege ich noch. Vom hygienischen Standpunkt scheint es angeraten. Dass du mir ja nicht auf die Tour der großen Familien von Fes kommst, die das Kind entführen und es ohne Wissen seiner Eltern beschneiden lassen. Das ist eine gängige Praxis, mit der ich überhaupt nicht einverstanden bin. Ich sage dir das, denn ich weiß, du bist zu so etwas fähig. Salut, Alito. Ach und grüße Ramon von mir!«

Ich hatte Soraya überredet ein Kind zu adoptieren. Wir hatten alle legalen und illegalen Schritte unternommen. Es dauerte sechs Monate, und eines Tages brachte mir mein Freund Azulito, ein Mann aus dem Rif, der wegen seiner blauen Augen so genannt wurde, das Familienbuch und eine Geburtsurkunde für Nabil, unseren Sohn. Wir mussten lügen, alle im Glauben lassen, Soraya habe eine schwierige Schwangerschaft hinter sich und sechs Monate lang liegen müssen ... Niemand erfuhr von der Adoption. Das war der Preis, damit Soraya ihre Lebensfreude, ihre Heiterkeit und Sanftmut wiedergewann. Mamed weihte ich ein. Er schickte Soraya einen prächtigen Blumenstrauß.

Im Sommer darauf brachte er Geschenke für Nabil. Ich spürte, dass er sich körperlich verändert hatte. Er hustete ständig und sagte mir, das sei die Luftverschmutzung und er habe sehr wirksame Pillen gegen diesen Husten gefunden, sie aber zu Hause vergessen.

Einen Sommer lang nahmen wir unsere alten Gewohnheiten wieder auf. Morgens das Café de Paris, nachmittags das Café Hafa. Wir redeten und lachten über alles. Eines Tages, als wir den Sonnenuntergang an der spanischen Küste bewunderten, sagte er in ernstem Ton:

»Ich glaube, ich habe einen Fehler begangen. Ich hätte Marokko nie verlassen dürfen. Jetzt bin ich desorientiert. Ich habe anderes gesehen, ich habe gesehen, wie man anders und besser leben kann, aber ich habe auch gespürt, dass das weder meine Kultur noch meine Tradition ist. Meine Kinder und vor allem meine Frau haben sich besser eingelebt. Dort bin ich traurig, hier unglücklich und überall unzufrieden. Das kann man ein Scheitern auf der ganzen Linie nennen. Ich fühle mich nicht wohl, meine Kinder sprechen kein Wort Arabisch, wo sie es doch in der Schule gelernt haben. Für sie ist Marokko ein Durchgangshotel. Ich will aber nicht in Schweden alt werden! Ich glaube, ich komme zurück. Hier fehlt es an Lungenspezialisten und ich bin nicht sehr weit vom offiziellen Rentenalter entfernt. In Wahrheit möchte ich frühzeitig in Rente gehen und nach Hause zurückkehren. Ich glaube nicht, dass meine Frau und meine Kinder mitkommen werden, doch jedem sein Schicksal ...« Das alles sagte er unter trockenen nervösen Hustenanfällen. Ich gab es auf, ihn auf seine Gesundheit anzusprechen. Er musste nun wirklich am besten wissen, was in seinen Bronchien vorging.

16

Soraya strahlte vor Glück und wurde nicht mehr von jeder Kleinigkeit aus dem Lot gebracht. Nabil wuchs in einem friedlichen Heim auf. Ich hatte meiner Frau also nichts vorzuwerfen, doch ich spürte das Bedürfnis, mit Lola, einer Andalusierin aus dem spanischen Konsulat, eine Affäre anzufangen. Ich hatte dabei nicht das Gefühl, meine Frau zu betrügen und fühlte mich in keiner Weise schuldig, wenn ich mich mit diesem Geschöpf traf, das einem Modiglianigemälde entsprungen zu sein schien und in einer seltsamen Welt lebte. Sie betonte, niemandem zu gehören und die Liebe mehr als die Freundschaft zu mögen. Tatsächlich war sie sehr sinnlich und hatte viele Liebhaber. Ich hatte sie bei Tarik, einem Heilgymnastiker, kennengelernt, der sich vielleicht als einziger Marokkaner in dieser Stadt zu seiner Homosexualität bekannte und sie bewusst lebte.

Sie war sich ihrer Attraktivität bewusst und machte den ersten Schritt; wenn sie einen Mann haben wollte, verführte sie ihn. Anfangs hatte ich versucht, Widerstand zu leisten. Sie gefiel mir sehr, doch ich hatte seit langem mit der Zeit der kurzfristigen Abenteuer gebrochen. Dann bekam ich aber doch Lust zu reagieren, wollte mich nicht endgültig in der scheinbaren Gemütlichkeit eines ruhigen Lebens einrichten. Das war nicht wirklich ich. Mir war klar geworden, dass ich aus Nachahmungstrieb und um Mamed zu gefallen zum Spießer geworden war. Ich hatte beschlossen, meiner Frau treu zu sein, und den Versuchungen widerstanden. Mit der Zeit hatte die Gewohnheit meine Phantasien und außerehelichen Gelüste zur Ordnung gerufen. Alles war vorprogrammiert: der Tag mit Sex, der Tag mit Kopfschmerzen, der Tag des Ausgangs mit den Freunden usw. Ich ertrug dieses starre Korsett nicht mehr, ich brauchte etwas anderes, nichts Vorprogrammiertes, ich brauchte Risiko und Bewegung. Ich redete nicht mit Mamed darüber, wenn ich ihm die Neuigkeiten aus Tanger berichtete. Wenn es um mich ging, sagte ich nur, dass alles in Ordnung, Soraya ein Schatz und nichts zu melden sei. Eine Art Scheu hatte sich bei uns eingeschlichen. Über unser Intimleben machten wir keine

Witze mehr. Den Sex hielt jeder von uns in seiner geheimen Kammer verschlossen. Ich war zwar versucht, ihm von meiner Begegnung mit Lola zu erzählen, aber ich wusste, dass ihn das wahrscheinlich schockieren würde. Also sagte ich nichts. Es war unmöglich zu entscheiden, wer von uns mehr Einfluss auf den anderen hatte. Wir ergänzten uns, jeder brauchte den anderen. Das sagten wir uns und waren fast stolz darauf. Wie ich zog er die Wahlfreundschaft der Zwangsbruderschaft vor. Ich hatte meinem großen Bruder nichts vorzuwerfen, doch Freunde waren wir nicht.

Lola hatte überall gern Geschlechtsverkehr, nur nicht im Schlafzimmer. In der Stadt und an der Route de la Vieille Montagne hatte sie Orte für Schäferstündchen ausfindig gemacht. Das erste Mal war in ihrem Auto. Ich hasste das in so einer Karre. Das erinnerte mich an meine uralten Flirts mit Zina. Lola hatte alles vorbereitet: Präservative im Handschuhfach, Tüchlein mit Kölnisch Wasser, Handtücher und sogar für den Fall eines Überfalls einen Knüppel unter dem Sitz. Eine Allround-Spezialistin. Ich stieg mit Muskelkater, zerrauftem Haar und dem Eindruck, Autoscooter gefahren zu sein, aus dem Auto. Beim zweiten Mal brachte sie mich zu einer verlassenen Hütte am Donabopark. Sie nahm eine Decke und die restlichen Utensilien aus dem Auto. Sie war sehr erregt und hektisch. Als sie zum Orgasmus kam, rief sie auf Arabisch

»Hamdullillah« und übersetzte gleich ins Spanische »Gracias a Dios« – was mich zum Lachen brachte. Kaum hatte ich Atem geholt, da legte sie sich auf den Bauch und forderte mich auf, sie von hinten zu nehmen. Am Abend hatte ich geschundene Knie. Ein anderes Mal gab sie mir im Büro des Konsuls ein Stelldichein, der in einer Familienangelegenheit nach Madrid gereist war. Sie war nackt unter einer durchsichtigen Dschellaba. »Nimm mich auf dem Schreibtisch vom Boss, auf den Akten, die er gerade bearbeitet, auf dem Zeitungsstapel, den er nicht gelesen hat. Nichts darf verändert oder weggenommen werden. Komm, ich warte auf dich. Mach die Tür zu, aber lass die Vorhänge offen. Gerade jetzt ist das Licht am Himmel so schön.« Sie nahm mich mit auf Reisen und bereitete mir unendlichen Genuss. Ich hatte vergessen, wie sehr ich den Liebesakt liebte. Wie in unserer Jugend, und ich dachte an Mamed, der die gleichen Empfindungen haben müsste. Manchmal hatten wir das Mädchen getauscht. Es war ein Spiel. Danach fragten wir es, wen es bevorzugte. Sie lachte und sagte etwas in der Art, dass sie den Eindruck hatte, mit dem gleichen Mann zu schlafen. Das beruhigte uns in Bezug auf unsere Männlichkeit. Diese Art des Teilens hatte nach der Heirat schlagartig aufgehört. Schluss mit Spiel und Austausch. Wir waren in eine ernsthafte Phase eingetreten, das heißt in Langeweile und Routine. Um dem zu entgehen, ließ ich mich auf diese besondere Beziehung zu Lola ein.

Abends ging ich erschöpft nach Hause. Ich legte mich hin und dachte an die Energien, die ich brauchte, um diese unersättliche Frau zu befriedigen. Ich schrieb mich in einem Fitnessclub ein, weniger um dort zu üben, als um ein Alibi vor Soraya zu haben. Dieses Doppelleben, diese Heimlichkeiten begannen mir zu gefallen. Niemand wusste etwas davon. Ich rief Lola alle zwei Tage genau um fünf Uhr in ihrem Büro an. Ich ließ es dreimal klingeln, legte auf und rief erneut an. »Fickst du heute Abend mit mir? Ich will ins Hammam. Versuch das Dampfbad nur für uns beide zu reservieren, oder möchtest du, dass ich Carmen dazubitte ...?«

Sie wusste, wie sie mich erregen, aus dem Lot bringen und in gefährliches Fahrwasser steuern konnte. Der Gedanke ans Hammam ließ mich nicht los. Ich kannte die Carmen nicht, von der sie sprach. Sie war eine geschiedene Frau, die seit einem Jahr keinen Sex mehr gehabt hatte. Sie war zu allem bereit, um diese aufgezwungene Abstinenz zu durchbrechen. Sie war ganz anders als Lola. Sie hatte große Brüste und einen kleinen Hintern. Carmen kam zu dem Rendezvous, das ich mit Lola vereinbart hatte. Sie nahm mich bei der Hand und führte mich zu sich nach Hause. Ich genoss wieder den Luxus eines Doppelbetts. Sie bat um einen Gefallen: »Ich möchte dich riechen. Ich habe so lange nicht mehr den Geruch eines Mannes eingeatmet, mach dich nicht über mich lustig, aber das hat mir gefehlt.« Sie bohrte mir ihre Nase in die

Achselhöhlen und atmete tief ein. Dann roch sie an all meinen Körperteilen, hielt zwischen den Schenkeln inne und verharrte dort lange Zeit. Ich ließ sie gewähren. Ich war erregt. Sie wand sich in meinen Armen wie ein verletztes Tier und drückte mich fest an sich. »Ich will Lolas Platz nicht einnehmen. Wir sind eng befreundet und sie hat mir das hier geschenkt. Das ist das erste Mal so für mich. Ich war eine treue Ehefrau und mein Mann hat mich wegen unserer jungen Putzhilfe verlassen. Ich hatte eine Depression und wollte keinen Mann mehr in der Nähe haben. Ich hab's mir jeden Abend gemacht, aber nichts ersetzt die Haut eines Mannes, seinen Geruch, seinen Schweiß, seinen Atem, selbst seine ungeschickten Gesten. Du hast zur Stärkung unserer Freundschaft beigetragen. Ich weiß nicht, ob zwei Männer so etwas aus Freundschaft tun würden. Es würde mich wundern, Männer sind eigensüchtiger, nicht sehr mutig, und sie teilen nicht. Nun, ich danke dir und auf Wiedersehen. Ich werde dich nicht wiedersehen, das war die Abmachung mit meiner Freundin. Ich werde mir einen Mann suchen und ein normales Leben aufnehmen ...«

17

Diese heimlichen Liebschaften gaben mir verlorene Energien und Lebensfreude zurück. Ich fragte mich, ob Mamed Lolas Freundschaftsgeschenk geschätzt hätte. Vielleicht in unserer Jugend, in den Jahren, als wir Phantasien brauchten, voller Illusionen waren und als unsere Einbildungskraft wilde Sprünge machte.

Unsere Freundschaft war zu ernst geworden. Er, der früher Wortspiele geliebt, unmögliche Geschichten erfunden, einen Sinn für Humor gehabt und uns zum Lachen gebracht hatte, er war anders geworden. Seit dem Tod seiner Mutter kam er oft nach Tanger, am liebsten kam er alleine, wohnte bei uns und trank zuviel. Er war sehr reizbar geworden, wurde schnell zornig und rauchte weiterhin seine furchtbaren Zigaretten.

Eines Abends, als Soraya schon schlafen gegangen war, brach er in Tränen aus. Er warf sich vor, Marokko verlassen zu haben und während der Krankheit seiner Mutter nicht da gewesen zu sein. Er brachte alles durcheinander, fabulierte und trank einen Whisky nach dem anderen. Vielleicht hatte er eine Depression und wir hatten es nicht gemerkt. Am nächsten Morgen erinnerte er sich an gar nichts. Er sagte mir, ich erfände das alles, um ihm Schuldgefühle einzujagen und seine Stimmung zu vermiesen. Ich ließ es gut sein.

Während dieses Aufenthalts erfuhr er, dass im vierten Stock unseres Hauses eine Wohnung zu verkaufen war. Er war begeistert, sah sie sich an und wollte sie kaufen. Er rief seine Frau an, die nicht eben angetan war von der Idee, dass ihnen in Tanger eine Eigentumswohnung gehörte, doch am Ende einwilligte. Meine Schwiegereltern verkauften ihm die Wohnung weit unter Wert. Sie wussten, dass er mein bester Freund war. Er fuhr zurück nach Schweden und beauftragte mich, die notwendigen Arbeiten zu organisieren und die Wohnung zu möblieren. Soraya und ich taten alles, um die Wohnung herzurichten. Ich schickte ihm Fotos der renovierten Räume und Stoffproben für die Sofas und Vorhänge.

Die Wohnung würde zum Sommer fertig sein. Ich hatte das Geld für die Renovierung vorgestreckt und sogar einen Kredit bei der Bank aufgenommen. Davon wusste er aber nichts. Nach seiner Ankunft wartete ich ein paar Tage und legte ihm dann die Rechnungen vor. Er hustete immer mehr und seine Gesichtsfarbe war merkwürdig. Seine Frau sagte mir, er weigere sich, mit dem Rauchen und Trinken aufzuhören, trotz der eindringlichen Ratschläge eines Medizinprofessors, mit dem er im gleichen Krankenhaus zusammenarbeitete. Als ich ihm die Akte mit den Rechnungen vorlegte, schob er sie sanft von sich, wie um mir zu sagen, dass es nicht der rechte Augenblick sei.

Wir verbrachten den Sommer zusammen. Die beiden Familien kochten und aßen gemeinsam. Eines Abends, der Tisch war schon gedeckt, kam ich zu spät. Mahmed sah mich vorwurfsvoll an. Selbst meine Frau pflegte mich nicht mit solch strengen, verdächtigenden Blicken zu bedenken. Nach dem Essen schlug er mir einen Spaziergang auf der Avenue d'Espagne vor. Er hatte etwas Finsteres an sich.

Seine Art zu reden und zu denken war anders. »Ich habe die Rechnungen studiert und sie sogar Ramon gezeigt. Das ist nicht gut, was du getan hast. Es ist unserer Beziehung, unseres Paktes nicht würdig. Doch ich habe es schon lange kommen sehen. Ich wusste allerdings nicht, dass du fähig bist, das Vertrauen deines Freundes zu missbrauchen. Unterbrich mich nicht. Lass mich dir sagen, was ich auf dem Herzen habe ...«

Er hielt inne, als wenn er in Schweigen verfallen wollte, dann stotterte er: »Du, du, du hast meine Abwesenheit genutzt, um dein Einkommen aufzurunden, du hast, du hast mich wie einen Idioten behandelt. Du hast dir gesagt: Ja, er ist in Schweden, er ist weit weg, er ist nicht mehr Marokkaner, er wird nichts merken, er wird alles schlucken. Doch ich bin mehr Marokkaner als du, ich mißtraue allem und jedem. Das hat mir Schweden beigebracht. Dort ist eine Krone eine Krone. Dort ist es ist keine Schande, über Geld zu reden und Scheinheiligkeit existiert nicht. Es ist nicht wie in unserem wunderbaren Land: Nein, ich lade euch ein, lass nur, es macht mir Freude, wir werden es doch nicht wie die Deutschen machen und die Rechnung teilen, nein, nein, wir sind großherzig, wir sind gastfreundlich, wir verschulden uns lieber, um nicht arm zu wirken, wir verkaufen unser Vieh, um nicht zugeben zu müssen, dass wir kein Geld zum Feiern haben. Doch ich bin nicht so, wie du glaubst. Ich habe verstanden, dass deine Freundschaft nur Mache ist. Eigeninteresse. Ja, mein

Lieber, du hast immer deine Interessen im Blick gehabt. Da war nichts zu machen. Auch wenn ich dir beizubiegen versuchte, dass Freundschaft keine Geschäftemacherei ist, keine Berechnung. Aber du mit deinem Frauchen und deinen Schwiegereltern, die es fertig gebracht haben, mir die Wohnung um 30% teurer zu verkaufen und mich im Glauben lassen wollten, es sei ein Sonderpreis wegen unserer Freundschaft. Und du warst ihr Komplize und hast mir nicht gesagt, dass es einen Aufschlag gab ...«

Er unterbrach sich wieder und legte dann wieder los, wobei er jedes Wort betonte:

»Unterbrich mich nicht, kein Wort von dir. Ich weiß, was du sagen willst. Du wirst bei Gott und den Propheten beschwören, dass du ehrlich bist, sogar Geld zugelegt hast, dass ich dir dankbar sein sollte für deine Mühe mit meiner Wohnung. Und ich ließ dich gewähren und dachte, es sei der Freund, der renovieren ließ, nicht der Verräter, der Dieb. Nein, du kannst mich nicht daran hindern auszupacken. Reden kannst du nachher, du musst mich bis zu Ende anhören. Ja, alles ist vorbei. Zuerst hat deine Frau uns mit ihren Eifersuchtsszenen genervt. Du hast dich ständig beklagt, hast im Krankenhaus angerufen, wenn du wusstest, dass ich gerade Visite hatte und eine Nachricht hinterlassen, bitte den Freund in Tanger anrufen. Und ich Idiot habe zurückgerufen, ja, ich Idiot ...«

Er war außer Atem, seine Augen waren gerötet.

»Erst später habe ich begriffen, dass es Geiz war. Nicht

einen Centime gibst du freiwillig aus. Das hat mich in die Kindheit oder vielmehr in unsere Schulzeit zurückversetzt, als wir uns gerade getroffen hatten. Ich beschützte dich, ich mochte dich, denn du wirktest wie ein schutzloses Wesen, hattest nie Geld dabei. Nach der Schule hingst du dich an mich, um bei meinen Eltern zu vespern, du gabst vor, das Brot aus der spanischen Bäckerei dem deiner Mutter vorzuziehen. In Wahrheit ging es dir nur ums Sparen. Und immer weiter so. Ich wusste, dass du ein Problem mit Geld hattest, doch ich sagte mir, eines Tages wird es besser, er wird ein guter, großherziger, altruistischer Mensch werden. Doch du bist weiterhin geblieben, was du immer schon warst: ein Geizkragen und ein Ausbeuter. Und in der Politik warst du nur ein Mitläufer, der Typ, der die Krankheit seiner Mutter vorschiebt, um nicht an den Sitzungen teilnehmen zu müssen. Ja, du warst nicht sehr mutig, du hast immer ein Schlupfloch gefunden, du hast es immer so eingerichtet, dass du dich für etwas ausgeben konntest, was du nicht bist, du hast dich davon gemacht und wir haben nichts gesagt. Wir wußten ja, dass man auf dich nicht zählen kann. Die Rechnungen!«

Er hielt kurz inne.

»Reden wir darüber. Sie sind alle gefälscht. Du willst wohl, dass ich glauben soll, der Teppichboden käme aus Ceuta und der Stoff für die Sofas aus Gibraltar! Bist du denn dahingefahren? Nein, du hast Ramon, den guten soeben konvertierten Samariter, geschickt. Er hat dir einen

Gefallen getan, er hat uns einen Gefallen getan, ich müsste ihm danken. Nein, Ramon ist nicht nach Ceuta gefahren und noch viel weniger nach Gibraltar. Ich habe alle Preise verglichen, sie sind alle um 20 bis 30% überhöht. Ja, mein Freund, mein lieber Jugendfreund, mit dem ich Kreisel gespielt und dem ich von meinen Liebschaften erzählt habe. Nun, er hat sich auf meinem Buckel ein paar Tausend Dirham erschwindeln wollen, einfach so, in ein paar Tagen. Nutzen wir die Abwesenheit des Doktors aus. Der hat was anderes zu tun als Preise zu vergleichen. Doch nicht mit mir! Ich habe auf meine Frau gehört und wir haben Nachforschungen angestellt. Es ist eine Schande, ein Elend. Wenn ich richtig verstehe, hast du versucht, das Geld für das Geschenk zu meinem vierzigsten Geburtstag, den Computer, wieder hereinzuholen. Du hattest zu mir gesagt: Beschäftige dich mit Informatik, das ist Magie. Ich war erstaunt, ein so teures Geschenk. Doch alles war Berechnung. Der Computer sollte mir Sand in die Augen streuen. Er hatte mich blind gemacht und ich glaubte alles, was du mir sagtest. Ich wollte nicht auf mein Gespür und auf meine Frau hören. Ich kaufte dir alles ab. Dabei waren wir für unsere Überzeugungen im Gefängnis, für Ideal und Werte, die wir teilten. Doch du hättest nie im Gefängnis landen sollen. Du verdienst es nicht, für deine Überzeugungen eingebuchtet zu werden, denn dich interessiert nur Geschäftemacherei, keinerlei Engagement, nur Bluff und Geschwätz, nichts Ernsthaftes. Du bist nur ein falscher Fuffziger, weißt du, so eine Münze, die nirgendwo einen Wert hat. Versuch bloß nicht, dich zu verteidigen. Ich habe immer nur dein Bestes gewollt, deine Interessen über meine gestellt, über die meiner Frau und meiner Kinder. Du warst mein Freund, unantastbar, den ich mehr liebte als meinen Bruder. Ich war stolz auf dich, besonders, seitdem du auf das süße Leben verzichtet hast: Kneipen-Kumpel-Huren und wieder Kneipen. Du hattest dich eingerichtet, eine Familie gegründet und warst deiner Frau treu. Zumindest glaubte ich das. Doch jetzt bekomme ich auch noch mit, dass du nicht nur mein Vertrauen missbraucht hast, sondern auch noch ein Doppel- oder Trippelleben führst. Ja, du hattest mir irgendwie von einer Spanierin erzählt, doch die anderen, ich weiß Bescheid, die Gerüchte, mein Lieber, die Gerüchte ... Unterbrich mich nicht! Hier in Tanger kommt alles ans Tageslicht, nichts bleibt geheim. Du kannst dich noch so gut verstecken und Vorsichtsmaßnahmen ergreifen, am Ende wissen die Leute immer, was gespielt wird. Es geht mich ja auch gar nichts an, das ist eine Sache zwischen dir und deiner Frau, doch es ist ein Hinweis, es wirft ein Licht auf den ganzen Rest und der Rest ist riesig, er stinkt und bedeutet nichts Gutes. Der Rest, die kleinen Tricks, um so wenig wie möglich Geld auszugeben, zwei Gesichter zu haben. Für dich gibt es immer eine zweite Möglichkeit, dich aus der Affäre zu ziehen. Jawohl, du willst auf allen Gebieten gewinnen, doch das ist nicht drin, mein Freund, ganz und gar nicht.

Du passt auf deine Gesundheit auf, rauchst nicht mehr, trinkst fast nichts, selbst das Ficken programmierst du bestimmt nach dem Biorhythmus deines Körpers. Alles ist Berechnung. Du wirst nicht krank, um keinen Arztbesuch bezahlen zu müssen. Und es funktioniert: Du bist kerngesund. Ich nicht, ich huste, sobald ich aufwache, wenn ich rede, wenn ich zu Bett gehe und sogar beim Schlafen, ich trinke jeden Abend meinen Whisky, ich zerstöre mich langsam aber sicher und bin doch ich glücklicher als du. Nein, lass mich, fass mich nicht an. Ich huste, na und? Es ist normal, dass ich in dieser Nacht der Wahrheit huste. Ich habe mir alles von der Seele geredet. Nimm auf, was da heruntertropft, lass nichts verkommen. Ich habe meine Lungen ausgespuckt, damit du weißt, wie sehr du mich anekelst, wie sehr ich die dreißig Jahre voller Illusionen bedauere. Geh jetzt, hilf mir nicht beim Packen. Wir gehen woandershin zum Schlafen, wir verlassen euch endgültig. Ich will deine Stimme nicht mehr hören, ich will nichts mehr von dir und deiner Familie wissen. Ich verstoße dich auf immer und ewig ...«

18

Wenn ich einen starken emotionalen Schock erlebe, reagiert mein Körper. Zuerst bleibt mir die Spucke weg, ein bitterer Hauch zieht durch meine Luftröhre, dann schwitze ich stark, ich muss mich setzen und viel Wasser trinken. Mamed hustete so stark, dass er stolpernd davoneilte. Ich betrat La Valençuela, den Eisladen unserer Jugend, und bestellte eine Flasche Wasser. Der Besitzer erkannte mich, kam zu mir und fragte, ob er einen Arzt holen solle. »Nein, ruf bitte bei mir zu Hause an, es ist die Telefonnummer 36125, und verbinde mich mit meiner Frau.« Ich muss einen ganzen Liter Wasser getrunken haben. Ich schwitzte immer noch, aber ich hatte wieder Spucke im Mund. Doch sie schmeckte schlecht. Im Magen spürte ich einen Knoten. Ich hatte Angst, er werde hochsteigen und mir den Atem nehmen. Ich war totenbleich und sah alles verschwommen. Ich zitterte vor Hitze und Kälte. Soraya kam und umarmte mich weinend. »Was haben sie dir angetan? Wer hat dich umgefahren? Hast du nichts? Kein Blut? Bist du verletzt? Du bist ganz bleich, wo war der Aufprall? Rede doch. Sag mir was los ist. Rufen Sie einen Krankenwagen ...« Ich stoppte sie. »Lass nur. Es ist nur ein emotionaler Schock. Es ist nicht schlimm. Nur eine Ruine, die über mir zusammengestürzt ist. Ich bin ganz voll Staub. Das Dach ist mir auf den Kopf gefallen, Hunderte von Ziegeln, auch einige Balken. Im Augenblick hat es nicht wehgetan, ich wusste nicht, wie mir geschah. Es brach von allen Seiten über mich herein. Es fiel alles zusammen. Steine prasselten auf mich, dann ganze Wände, Teile von Türen, ich wurde darunter verschüttet. Danach so etwas wie eine Lawine aus Schnee, ja, ich hatte den

Eindruck, einen mit Schnee bedeckten Berg hinunterzufallen. Ich fiel ins Leere und um mich herum Packen harten Eises. Ich bekam keinen Boden unter die Füße, eine unsichtbare Kraft drückte mich. Ich hörte Wörter, konnte aber nicht um Hilfe rufen. Einen Moment lang hatte ich den starken Eindruck, eine Hand hielte mir den Mund zu, dann fiel ich weiter ins Leere, schwitzte und blieb ohne Spucke ...«

Zu Hause war keine Spur mehr von Mamed und seiner Familie. Sie hatten alle ihre Sachen zusammengesammelt und waren verschwunden. Ich bemerkte Reste von blutiger Spucke im Waschbecken. Im Haus roch es nach Medikamenten. Meine Frau hielt mich im Arm und weinte. Ich wollte nicht reden, keinen Kommentar zu dem Vorgefallenen abgeben. Ich konnte nicht sprechen. Mir war die Stimme abhanden gekommen. Ich hatte nur einen Gedanken: alles aufschreiben, was Mamed mir in den letzten Stunden gesagt hatte, alles notieren, wie es gerade kam, durcheinander, ohne Logik. Ich schrieb die ganze Nacht. Soraya begriff, dass man mich nicht stören durfte. Als der Tag anbrach, klappte ich das Heft zu und schlief bis zum späten Nachmittag. Ich hatte mindestens ein Kilo abgenommen. Im Schlaf hatte ich weitergeschwitzt. Ich duschte, legte das Heft in den Safe und sah mir Alfred Hitchcocks *Der falsche Mann* an, einen Film über einen Irrtum, in dem Henry Fonda einen zu Unrecht Verdächtigten spielt. Die Wahrheit hängt darin an einem dünnen Faden zwischen Licht und Dunkelheit. Der Alltag scheint einfach und ist doch sehr kompliziert. Es genügt, dass ein Anschein sich mit einem Gefühl vermischt und schon steht man im Zentrum einer Verschwörung von dunklen unsichtbaren Kräften und alles kann in Schrecken enden.

Ich kannte den Film auswendig und ließ mich von dieser Fabel tragen, in der jedes banale und anonyme Wesen zum Opfer eines Justizirrtums werden konnte, ein furchtbares Unrecht.

So erging es auch mir.

Am nächsten Tag hatte ich meine Stimme teilweise wiedergefunden. Ich ging wie immer zum Frühstück ins Café. Dort traf ich Ramon, den mein Zustand beunruhigte. Er stellte mir so viele Fragen, dass ich mich ihm schließlich anvertraute. Er war ein feiner, einfühlsamer und warmherziger Mensch. Er hörte mir schweigend zu. Ich sah die Verblüffung auf seinem Gesicht. Er konnte nicht verstehen, was geschehen war. Ich auch nicht.

19

Einige Tage später hatte ich das Bedürfnis, an Mamed zu schreiben. Ich verfasste mehrere Briefentwürfe. Ich wollte nicht pathetisch sein, nicht kleinlich, nicht missmutig wirken. Ich wollte ihm vor allem nicht Punkt für Punkt antworten. Er wusste genau, dass seine Anschuldigungen falsch waren, doch weshalb hatte er diese Szene machen wollen? Was verbarg sich hinter dieser Tragödie? Was wollte mir mein Freund sagen?

Lieber Mamed,

Sag mir, wie es um deine Gesundheit steht. Ich will es wissen. Dein Husten klingt nicht gut. Ich muss dir, dem Lungenspezialisten, nicht sagen, dass es ein schlechtes Zeichen ist.

Ihr seid wie Illegale abgereist, du und deine Familie. Ich nehme es dir nicht übel, ich möchte nur wissen, was geschehen ist, warum du diesen Abend ausgesucht hast, um mich zu zerstören. Ich habe es nicht nötig, mich zu verteidigen und dir zu beweisen, was du besser weißt als alle anderen. Dein Zustand hat mich mehr verletzt als alles, was du zu sagen hattest. Wir kennen uns gut genug, um uns nichts vormachen zu müssen. Wir haben auch keine Schauprozesse nötig. Unsere Freundschaft hat solide Grundlagen. Die Vorwürfe sind unserer Geschichte nicht würdig.

Ruhe dich aus und wenn du dich besser fühlst, ruf mich an oder gib mir Bescheid, wann ich dich anrufen kann. Wir müssen in aller Ruhe reden und die Dinge müssen klar und unzweideutig ausgesprochen werden.

Ich umarme dich wie immer

Dein treuer Freund.

Die Antwort kam eine Woche später. Ein kurzer, trockener Brief in einem Umschlag aus Umweltpapier:

Wenn du dich als mein Freund fühlst, dann musst Du wissen, dass ich nicht dein Freund bin.

Ich will nichts mehr mit dir oder deiner Familie zu tun haben.

Ich habe alles ausgerechnet. Du schuldest mir 34.825,53 Dirham. Das ist der Unterschied zwischen dem, was du wirklich ausgegeben und dem, was du mir berechnet hast. Morgen bringst du dieses Geld zur Nichtregierungsorganisation Ouladna, die sich um verlassene Kinder kümmert.

Ruf mich nicht an. Schreib mir nicht mehr. Die Wohnung wird verkauft. Du findest dort den Computer und den Drucker, die du mir geschenkt hattest, um meine Freundschaft zu erkaufen. Sie sind in gutem Zustand, ich habe sie sehr wenig benutzt.

Adieu.

II
Mamed

1

Ich werde mich immer an meine erste Begegnung mit Ali erinnern. Er trug ein etwas zu enges weißes Hemd, eine blaue Kunststoffhose, sprach mit niemandem und in der Pause las er in einem französischen Taschenbuch.

»Spiel doch lieber, amüsier dich, abends kannst du immer noch zu Hause lesen!«

»Ich mag nicht spielen, ich amüsiere mich nie und ich lese am liebsten die ganze Zeit.«

Ich wusste nicht, wie es weitergehen würde, doch ich hatte das Gefühl, dieser Junge mit der weißen Haut und dem streng gekämmten Haar könnte mein Freund werden. Ich forderte ihn auf, mit mir aufs Klo zu gehen, um eine zu rauchen. Er lehnte ab und hielt mir eine Moralpredigt:

»Mein Onkel ist gerade an Lungenkrebs gestorben, er rauchte ein Päckchen Zigaretten am Tag, amerikanische, die riechen gut, sind aber bestimmt tödlich.«

Ich lachte. Er lächelte. Ich schlug ihm auf den Rücken. Er nahm mich an der Schulter und zog ein paar Mal an meiner Favorite. Er bekam einen Hustenanfall und schwor, es nie wieder zu versuchen.

Am folgenden Freitag lud er mich zum Kuskus-Essen zu seinen Eltern ein. Sie bewohnten ein kleines Haus oben an einem Felsen mit Meeresblick. Ich riet ihm, auch Sam einzuladen, einen Typen, mit dem man sich am besten gut stellte, denn er verschuf uns Einlass in den Nachtclub Whisky à Gogo, obwohl wir weder das Alter noch das Geld dafür hatten.

Sam war ein fauler Schüler, intelligent, aber träge. Er hatte ein phänomenales Gedächtnis. Wenn er einmal eine Seite im Telefonbuch gelesen hatte, konnte er sie fehlerfrei hersagen. Doch wenn der Lehrer ihn aufforderte, das Gedicht *Die Leuchtfeuer* von Baudelaire aufzusagen, verhedderte er sich, brachte die Verse durcheinander und gab auf. Er sagte, das sei zu schön für ihn. Er kam aus einer sehr armen Familie, arbeitete abends im Nachtclub und hatte daher nicht viel Zeit, um Hausaufgaben zu machen. Er machte Ali einen Vorschlag:

»Du hilfst mir bei den Schulaufsätzen – ich hasse das Schreiben – und ich organisiere dir Eintritt in den Nachtclub, wann immer du willst. Als Zugabe stelle ich dir hübsche Mädchen vor, die nicht mehr Jungfrau sind.«

Wir waren besessen von der Frage der Jungfräulichkeit der Mädchen. Es gab nur sehr wenige, die mit Jungen schliefen. Wir kannten sie, denn sie hatten jeweils einen Verlobten und waren in der Abschlussklasse. Sie kamen geschminkt und parfümiert in die Schule. Wir beobachteten sie aus der Ferne und sagten über sie: »Der Zug ist eingefahren.« Das war ein Zeichen, aber wir wussten auch, dass sie für uns unerreichbar waren, denn sie waren Französinnen und zudem älter als wir. Da gab es eine gewisse Germaine, von der gesagt wurde: »Der Zug ist mehrmals eingefahren.« Das bezog sich darauf, dass ihr Verlobter sie verlassen hatte und sie sich aus Trotz oder Lasterhaftigkeit anderen Jungen hingegeben hatte. Sie hatte vom Weinen rote Augen, aber ich war mir sicher, dass das vom ständigen Liebemachen kam.

Ali gab vor, sich nicht für Mädchen zu interessieren. Ich wusste, dass er schüchtern war und etwas praktizierte, das auf Arabisch »die geheime Gewohnheit« heißt. Eines Tages, als wir alleine bei mir zu Hause waren, schlug ich ihm einen Masturbationswettbewerb vor. Wir mussten uns eines der schönen Mädchen aus der Schule vorstellen, ihren Namen aussprechen und loslegen. Sam schrie: »Joséphine!« Das war die Miss Gymnasium des Jahres. Ich rief Warda an, eine schwarzhaarige, glutäugige Schönheit. Ali war still und konzentriert.

»Und du? Wer ist deine Auserwählte? In wessen Armen liegst du?«

Mit sanfter Stimme sagte er: »Ava Gardner.«

Wir waren verblüfft. Ali setzte sehr hoch an. Doch es war ja rein virtuell, in Wirklichkeit gab es weder Mädchen noch Liebesgeschichten. Wir standen Rücken an Rücken und hielten unsere Schwänze in der rechten Hand. Es ging darum, zur gleichen Zeit zu ejakulieren. Sam brüllte und beschimpfte sein Opfer. Ich wimmerte und Ali schrie: »Ja Ava, ja Ava!«

Dieses Spiel hatte etwas Deprimierendes. Wir trennten uns mit Leichenbittermienen. Wir brauchten reale Beziehungen zu Mädchen. Sam bot uns die Dienste der Prostituierten in seinem Laden an. Wieviel würde das kosten? Ali war so pleite wie ich. »Nichts. Das ist gratis«, sagte uns Sam. »Das ist eine Gefälligkeit, die sie gern für mich machen, doch es muss am helllichten Tag sein, wenn der Club geschlossen ist.« Wir verabredeten Tag und Stunde. Als wir hinkamen, sahen wir drei Frauen, weder jung noch alt, weder hässlich noch schön, ungeschminkt, wahrscheinlich nackt unter ihren grauen Dschellabas. Sie warteten auf uns, wie sie auf den Linienbus oder den Kontrolleur vom Hygieneamt gewartet hätten. Es war offensichtlich, dass sie keinerlei Lust hatten, mit fünfzehnjährigen Knilchen zu schlafen, doch um Sam einen Gefallen zu tun, waren sie bereit, ihre Hintern zu bewegen. Ali wich einen Schritt zurück. »Ich warte draußen auf euch.« Sam hatte seinen Schwanz herausgeholt, um sich einen blasen zu lassen. Ich schloss die Augen und warf mich auf die beiden anderen und wühlte unter ihren Dschellabas. Ich kam gar nicht weiter. Meine Ejakulation kam zu früh und war kurz. Ich fühlte mich nicht wohl. Sam hatte seinen Schwanz einem teigigen Mund überlassen. Ich ließ ihn zurück und ging zu Ali, der in einem Buch von Anatole France las.

2

Alain war der größte in der Klasse. Er hatte breite Schultern, einen blonden Haarschopf, mit dem er die Mädchen verführte, blaue Augen und einen einstudierten Gang. Er wollte Filmschauspieler werden, doch der Algerienkrieg sollte den Träumen dieses jungen Mannes ein Ende bereiten. Er stammte aus guter Familie, war katholisch und mochte die Araber, aber am liebsten von weitem.

Mit ihm hatte ich meinen ersten wirklichen Streit. Er diskutierte mit Ali über den Kolonialismus und feuerte eine Dummheit nach der anderen ab. »Frankreich ist eine Großmacht, die Algerien die Zivilisation gebracht hat, diesem Land von Fellachen und Analphabeten. Algerien gehört zu Frankreich. Niemals wird Frankreich dieses Land den Bauernrüppeln überlassen, die eh nur jemandem die Kehle durchschneiden können. Mein ältester Bruder ist stolz, dass er dort für die Freiheit kämpfen kann. Sobald er wiederkommt, werde ich hingehen und meine Pflicht erfüllen. Was tust du überhaupt hier in einem französischen Gymnasium? Warum bist du nicht in deiner Koranschule geblieben? Du Kameltreiber, »Bougnoule«.

Ich kannte das Wort nicht, doch ich wusste, dass es

eine Beleidigung war. So schüchtern und schmal Ali auch war, er stürzte sich auf Alain und schlug wild auf ihn ein. Alain warf ihn mit einer einzigen Ohrfeige zu Boden. Alis Nase blutete. Ich gab dem rassistischen Franzosen ein Zeichen und forderte ihn zum Kampf heraus. Die Schüler bildeten einen Kreis um uns, während jemand Ali auf die Krankenstation brachte. Alain war viel stärker als ich. Ich blutete überall. Sam trennte uns, denn er sah, dass der andere mich alle machen würde.

Wir wurden alle drei für drei Tage der Schule verwiesen. Der Direktor rief die Schüler zusammen und erklärte, was in Algerien los war. Er war objektiv und erklärte das Problem in wohlgesetzten Worten. Manche entdeckten an ihm eine klare Abneigung gegen die Anhänger eines französischen Algeriens. Zwei Monate später wurde er nach Frankreich zurückberufen. Wir sahen ihn nie wieder. Alain wartete nicht auf die Einberufung und ging in die Aurès, um dort seinen Militärdienst abzuleisten. Da waren wir in der Abiturklasse. Bevor er abreiste, versöhnte er sich mit Ali und mir. Wir küssten uns auf die Wange. Als wir dann auf unsere Abiturergebnisse warteten, informierte uns der Sohn des französischen Konsuls vom Tod Alains. Wir waren traurig. Ali und ich wollten etwas tun, seine Familie aufsuchen, einen Blumenstrauß zu seiner Verlobten bringen, doch wir taten nichts. Jemand zitierte Paul Nizans bekannten Satz: »Wir waren zwanzig und ich werde niemanden unwidersprochen sagen lassen, das sei das beste Alter im Leben ...« Sam rief lachend: »Ich kümmere mich nicht um Politik ...« Genau in dem Moment beschloss ich, mich mit Politik zu beschäftigen.

3

Mein Onkel Hamza war sehr »altes Frankreich«. Er sprach tadelloses Französisch, zitierte klassische französische Literatur, kleidete sich elegant. Zugleich sprach und las er gutes klassisches Arabisch. Er sagte von sich, er sei Nationalist und tolerant. Ich wusste nicht, dass er Kommunist war. Er erklärte mir, dass es gute Dinge in der Lehre von Karl Marx gebe, dass nicht alles auf uns hier zutreffe, doch dass wir uns einige wesentliche Werte aneignen könnten, um unser Land aus der Unterentwicklung herauszuführen, gegen die empörendsten Ungleichheiten zu kämpfen, Korruption und Vetternwirtschaft Einhalt zu gebieten. Er war überzeugend und öffnete mir neue Wege. Ich erzählte Ali davon, doch er blieb reserviert. Das erste Studienjahr verbrachte ich in Versammlungen und auf Demonstrationen. Mein Vater war sehr beunruhigt und beschloss, mich nach Frankreich zum Medizinstudium zu schicken. Er hatte eine ziemlich heftige Auseinandersetzung mit meinem Onkel, den er beschuldigte, seinen Sohn vom Studium abzuhalten, Atheist zu sein und sein Gedankengut aus Moskau zu beziehen. Hamza versuchte ihn zu beruhigen, doch mein Vater blieb wütend. Als er mit seinen Argumenten am Ende war, nannte er meinen Onkel einen »Zoufri«, weil er ledig war. Hamza erklärte meinem Vater, woher das Wort kommt: »Zoufri kommt vom Französischen Ouvrier, Arbeiter. Die kleinbürgerliche Spießermentalität verwechselt das mit Unmoral und Laster.«

Ali wartete auf ein Stipendium für Kanada. Er leitete den Filmclub in Rabat. Manchmal teilten wir uns die Arbeit: Er schrieb die Flugblätter, ich verteilte und hing sie aus. Ich ging gerne in die Veranstaltungen des Filmclubs. Ali sprach beredt und klug über den Film, seine politische Rolle und seine Bedeutung in der Geschichte des zwanzigsten Jahrhunderts. Ich bewunderte ihn und entdeckte einen neuen Menschen, der gar nicht schüchtern war, sondern kühn, ein routinierter öffentlicher Redner. Er liebte die Filme des Inders Satyajit Ray abgöttisch. Der war für ihn ein Universalgenie, dessen Kunst auch uns betraf. Ali fand, dass diese indischen Filme auch unsere Befürchtungen, unser Bedürfnis nach Gerechtigkeit ausdrückten. Eines Tages behauptete er sogar, Ray sei ein talentierter marokkanische Filmschaffender! Als er *Pather Panchali* vorstellte, zitierte Ali einen Satz aus einer Filmzeitschrift zu diesem Meisterwerk: »Sie können die Armen auspressen, aber sie können ihnen ihr Talent nicht nehmen.« Ali schaffte es, uns davon zu überzeugen, dass der Exotismus von Rays Welt ein durch die geographische Entfernung entstellter Spiegel war, aber dennoch ein Spiegel, in dem wir unseren eigenen Exotismus, unsere eigenen Probleme sehen konnten. Er war sehr gut über alles was Kino betraf informiert, verlor aber die soziale und politische Wirklichkeit seines Landes nie aus den Augen. Er stellte eine Beziehung her zwischen Kunst und Leben, zwischen Realität und Fiktion.

Bei unseren politischen Treffen war er sorgfältig, präzise, verbannte Geschwätz und Klischees. Doch er hatte einen Fehler: Er war ungeduldig. Er konnte es nicht ertragen, wenn Leute zu spät kamen oder zu langsam dachten. Ich war stolz darauf, sein Freund zu sein, doch sein Gehabe eines »Sohnes aus guter Familie« irritierte mich. Dass er aus Fes stammte, verstärkte bei ihm jenes Gefühl der Einsamkeit, das in Wahrheit eine Art versteckter Arroganz war. Ich kannte die Stadt nicht und hatte keinerlei Lust, dorthin zu fahren. Die Leute aus Fes kamen sich wie die einzigen Erben des Goldenen Andalusischen Zeitalters vor.

Wir wussten, dass es einen Polizeispitzel unter uns gab. Es war ein Student, den wir kannten, der mit uns in der Mensa aß und an den politischen Debatten teilnahm. Ein intelligenter grausamer Typ. Wir mißtrauten ihm, doch er war uns überlegen. Er war klein, sehr mager, hässlich und trug eine Doppelglasbrille. Er kam nicht bei den Mädchen an, doch er fuhr Luxusautos und lud sie oft zu privaten Abendunterhaltungen ein. Er gab sich als Sohn eines Industriellen aus und behauptete, seinen Vater zu hassen, weil der die Arbeiter ausbeutete, unterbezahlte und ihnen gewerkschaftliche Betätigung verbot. Er war es, der die Polizei in allen Einzelheiten über unsere politische Arbeit informierte. Wir schrieben 1966, ein Jahr nach den Aufständen vom März 1965. Tausende von Schülern und Studenten hatten gegen ein ungerechtes Dekret zu den Studienbedingungen demonstriert. Arbeitslose und Unzufriedene hatten sich ihnen angeschlossen. General Oufkir hatte diese Rebellion mit Hilfe eines Maschinengewehrs einem Hubschrauber aus niedergeschlagen. Hunderte von Toten. Tausende von Verhaftungen.

Am Tag nach meiner Rückkehr aus Frankreich, an einem Julimorgen 1966, verhafteten mich zwei Männer in Zivil im Haus meiner Eltern. Meine Mutter weinte. Mein Vater nahm sich zusammen und versuchte zu verhandeln. »Nichts zu machen, wir haben unsere Befehle, das kommt von ganz oben. Wir sollen ihn verhaften und befragen und dann der Armee übergeben, damit er seinen Militärdienst ableistet.«

»Aber wir haben doch gar keinen Militärdienst in Marokko!«, protestierte mein Vater.

»Dann ist ihr Sohn eben der erste! Welche Ehre für Sie!«

Wir erinnerten uns alle an Namen und Gesichter von Menschen, die sie abgeholt hatten und die auf ewig verschwunden waren. Meine Mutter warf mir aus dem Fenster noch ein Brot zu.

Ich verbrachte zwei Wochen in den Händen der Polizei und wurde ziemlich brutal geschlagen. Ich dachte vor allem an meine Eltern, an Ali und Hamza. Ich wusste, die Machthaber hatten sich für repressives Vorgehen entschieden. General Oufkir leitete die Operationen. Wir hatten keinerlei Delikt begangen, nur einige Ideen entwickelt, um das Land aus Armut und Erstickung herauszuführen.

4

Nichts ließ vermuten, dass die Kaserne, an der mich ein Jeep der Gendarmerie absetzte, ein Disziplinarlager war. Ich kam abends an und wartete in einem leeren Raum. Gegen zwei Uhr nachts erschien ein Koloss, ein Riese mit rasiertem Schädel.

»Isch bin der Adschudant Tadla, der Cheef hier. Hab keinen Fürgesetzten, bin der Cheef, selbs der Kmandant muss mir ghorchen.«

Er ließ mich mit einem Unteroffizier zurück, der mir befahl, meine Zivilkleidung abzulegen und mir eine Plastiktüte zuwarf.

»Da finste alles, um Milliteer zu wern.«

Ein anderer Soldat kam mit einem Köfferchen in der Hand. Das war der Lagerfrisör. Er schor mich wie ein Schaf und rasierte mir dann wortlos den Schädel. Um drei Uhr früh war ich ein anderer Mensch.

Am frühen Morgen rief der berüchtigte Tadla die Strafgefangenen zusammen und hielt uns eine unvergessliche Rede:

»Ihr seid vierunneunzich verwehnte Kinner, ihr seid bistraft, wolltet woll schlauer sein. Isch muss euch jetz erziehn, hier iss nix mit Pappa und Mamma. Hier könnt'r schrein, s'hört keina. Isch wert euch die Flötntöne beibringen, ich mach Männa aus euch, keine Wichsa meh, keine Weicheia, keine goldne Jurend. Hier iss Adschudant Tadla, keine Freieit, Mokratie und so'n Quatsch. Hier gilt nur ein Slugan *Allah Al Watan Al Malik*, nachsprechen, *Allah Al Watan Al Malik*. Wiss Ihr auch was's heißt? Wir ghören Gott, unsern Keenig und unsern Land.«

Ich schaute mich nach Ali um und konnte ihn nicht entdecken. Ich war sicher, er gehörte zu den vierundneunzig von Oufkir Bestraften. Danach erfuhr ich, dass er auf der Krankenstation war, wo man ihm den Kopfverband wechselte. Er war von einem Frisör rasiert worden, der rostige Klingen benutzte und ihm mehrere Wunden am Schädel zugefügt hatte.

Als ich ihn sah, erkannte ich ihn kaum wieder. Er war abgemagert und durch seine Kopfbinden nicht wieder zu erkennen. Wir fielen einander in die Arme. Wir waren in der gleichen Barracke, aber nicht in der gleichen Reihe.

Unter uns gab es Studenten der Literatur und der Naturwissenschaften, Lehrer, einen jungen Rechtsanwalt und sogar einen Ingenieur, der sich geweigert hatte, bei einer Jahresabschlussfeier an der Universität dem König die Hand zu küssen. Man hatte uns bestraft, das war die freundliche, zuckrige Art es auszudrücken. Tatsächlich befanden wir uns in Quarantäne, waren Unteroffizieren zum Fraß vorgeworfen, von denen manche schon in der französischen Armee in Indochina gedient hatten. Sie konnten weder lesen noch schreiben und sprachen eine Mischung aus verwurstetem Arabisch und Französisch. Die aus dem Indochinakrieg nannten sich »die Chinesen«. Die anderen redeten gar nicht mit uns, sondern schlugen nur auf uns ein.

Einmal bekam ich einen Schlag auf den Kopf, als ich Ali schützen wollte, dessen gesundheitlicher Zustand beunruhigend war. Ein junger französischer Arzt, der seinen Dienst hier ableistete, zwang Tadla, Ali in das Militärkrankenhaus nach Rabat zu schicken. Tadla hatte Hochachtung vor den paar Franzosen, die die marokkanische Armee für technische Aufgaben eingestellt hatte.

Ali wurde mit Eskorte transportiert, wie ein Schwerverbrecher behandelt! »Kein Wort über das Lager, sonst ...« Tadla brauchte den Satz nicht zu beenden. Wir wussten, wozu er fähig war. Er hatte überall Spione, wurde oft nach Rabat gerufen, um seinem Meister über alle Vorgänge Rechenschaft abzulegen. Wir stellten uns vor, er stände in direktem Kontakt mit General Oufkir. Sie kannten sich aus Indochina. Man erzählte sich, er sei Oufkir bei der

Unterdrückung des Rifaufstands 1958 aufgefallen. Er soll Leute mit dem Säbel umgebracht haben. Im Lager strickten seine Gorillas ständig an seiner Legende. Selbst der Kommandant hatte Angst vor ihm. Er zeigte es nicht, doch wenn er verreiste, rief er uns zusammen und befahl uns, Tadla zu gehorchen.

5

In Alis Abwesenheit fühlte ich mich sehr einsam. Er hatte Glück im Krankenhaus zu sein. Es war unsere Sisyphusphase. Wir mußten schwere Steinbrocken für den Bau einer Mauer von einem Ende des Lagers zum anderen schleppen. Sobald sie fertig war, mussten andere Strafgefangene sie abreißen. Dann fingen wir wieder von vorne an. So ging das mehrere Tage lang. Ein halb verrückter Unteroffizier füllte unsere Säcke. Er wählte die schwersten Steine aus und gab uns einen Tritt in den Hintern, wenn es losging. Wir durften keinem zur Hilfe kommen, der hinfiel oder aufgab. Es war heiß. Wir hatten Durst. Wir durften auf dem zwei Kilometer langen Weg nicht miteinander reden.

Ali kam geheilt zurück, mit fast normaler Miene, bereit, sich wieder einzureihen. Er erzählte mir von seinem Aufenthalt im Krankenhaus, wo er den Sohn eines Obersts kennen gelernt hatte. Doch sobald der erfuhr, dass Ali aus

El Hajeb kam, wollte er auf ein anderes Zimmer verlegt werden. Ali hatte ein Buch mit zurückgebracht, das ihm ein Arzt geschenkt hatte: *Gefährliche Liebschaften* von Choderlos de Laclos.

»Wenn du einmal Lust hast, dem Lager zu entfliehen, gibt es nichts Besseres als diese Geschichte von Liebe und Perversion. Das ist wirklich exotisch und nimmt dich mit auf eine Reise in Zeit und Raum.«

Einmal im Monat hatten wir Anrecht auf ein Päckchen Troupe-Zigaretten und ein etwas besseres Essen. Ali gab mir schweren Herzens seine Zigaretten, er hasste Tabak. Rauchen war das einzige Vergnügen, das zu bestimmten Zeiten im Lager erlaubt war. Ali dachte lieber an eine Frau, in die er verliebt zu sein glaubte. Er vertraute sich mir an. Wir wussten nicht, wann wir freikämen und machten keinerlei Zukunftspläne. Er sprach gerne von diesem Mädchen, das ich nicht kannte. Durch die Trennung und unsere schwierigen Lebensbedinungen kam sie ihm wie eine Diva vor, wie ein Star, den er mit seinem Idol Ava Gardner verglich. Manchmal fabulierte er. Ich ließ ihn gewähren. Er brauchte die Träume, die Flucht aus dieser Situation in ein wunderschönes Märchen.

Ich war nicht verliebt und hatte auch keine Verlobte zurückgelassen. Mit der Zeit erfand ich ein prächtiges Geschöpf, das ich Nana nannte. Ali konnte sich denken, dass es sie nicht gab. Er hörte mir zu und schlug vor, die

Mädchen sich treffen zu lassen, damit sie über uns reden konnten. Er sagte, wir müssten Vollmond abwarten, um sie, indem wir inbrünstig und heftig an sie denken, heraufzubeschwören. Leider hatten wir in jener Nacht eine Kollektivstrafe, weil einer von uns über die Mauer geklettert und zu den Prostituierten gelaufen war. Tadla trieb uns im Hof zusammen und wir mussten bis zum Morgengrauen Habachtstellung einnehmen. Die Hälfte lag am Boden. Ali und ich hatten bis zum Schluss durchgehalten, einfach deshalb, weil wir uns in unsere Gedankenwelt flüchteten. Trotz unserer Anstrengungen konnten wir jedoch die beiden Frauen nicht zusammenbringen. Wir hätten einen isolierten Ort und viel Konzentration gebraucht. Gegen Morgen jedoch schien es mir, als sähe ich sie Hand in Hand durch die Reihen gehen. Sie gaben den einen zu trinken und holten andere aus ihrer Ohnmacht zurück. Sie waren leicht gekleidet und rochen sehr gut. Sobald Tadla erschien, verschwanden sie.

6

Sechs Monate nach unserer Ankunft im Lager beschloss Oufkir, uns nach Ahermemou, einem hochliegenden Dorf nördlich von Taza auf der Straße nach Oujda, in die Offiziersschule zu schicken. Tadla sagte uns nicht, wo es hinging. Er hielt eine Abschiedsrede:

»Aus, is erledigt, seid keine Schlappschwänsse mehr, seid jetz Männer, stark und patriodisch, habt kepiert; kein Kummunismus in unsern Land. Ihr jetz woannershin, weiss nich, inne Armee, pssst, psasst, keine Gebrabbel. Geht zu gut vorbreitete Männa, die meine Arbeit weidermachn. Achdung, keine Schlauberger, denn Schlauberger steckn wa hier innet Loch, ja dat Loch, da grabn wer se ein un lassn 'n Kop für Atmen raus ... Wenn heiß, die Sonne brennt ihnen 'n Kop, dann direk ins Spidal. Die Chinesen ham uns das beigebracht, kluge Köppe die Chinesen ...«

Wir hatten eingegrabene Soldaten gesehen, bei denen nur der Kopf in der prallen Sonne aus dem Sand herausragte. Tadla hatte sie uns als Warnung gezeigt. Wir kannten seine Grausamkeit. Die brauchte er uns nicht erst zu beweisen.

Die Schule in Ahermemou hatte nichts gemein mit dem Lager in El Hajeb. Wir spürten, dass die Zeit der barbarischen Bestrafung vorbei war und wir an einen Ort gekommen waren, an dem unsere Umerziehung sich unter menschlicheren Bedingungen vollziehen würde. Wir waren zu sechst in einem Schlafsaal. Ich hatte den zivilisiert wirkenden Offizier gebeten, im gleichen Saal mit Ali zu sein. »Kein Problem.« Wir waren am ersten Januar angekommen. Es schneite. Der Kommandant rief uns zusammen und hielt in korrektem Französisch eine Ansprache. Er war in Saint-Cyr ausgebildet worden. Er war elegant und hart, ohne Vulgarität. Ein Offizier, der wusste, warum wir da waren und was er mit uns anfangen sollte:

»Ich weiß, wer ihr seid, ich habe die Akte eines jeden von euch studiert und weiß, dass eure politische Betätigung unvereinbar ist mit Monarchie und *Makhzen*. Hier betreiben wir keine Politik. Man hat mich berufen, um eure Erziehung zu vollenden, kein Protest, keine Rebellion. Hier bestimme ich. Ich kenne niemanden. Ich habe Befehle, die ich ohne Wenn und Aber ausführe. Das geringste Vergehen wird kollektiv bestraft. Hier wird sich jeden Tag gewaschen, Pünktlichkeit eingehalten und Befehlen gehorcht. Schreibt euch das hinter die Ohren! Abtreten!«

Dieser Kommandant war ein geschliffenerer Tadla. Junge Offiziere gaben uns Unterricht. Wir bekamen Hefte und Kugelschreiber. Wir hatten militärisches Training und keinerlei Rechte. Wir durften an unsere Familien schreiben. Die Briefe gingen durch die Zensurbehörde. Ali schrieb an seine »Verlobte«, die ihm nicht antwortete. Als er mir vorschlug, einen Brief an Nana zu schreiben, wusste ich, dass er am Abdrehen war. Ich holte ihn schnell wieder auf die Erde zurück. Er gab zu, dass er manchmal fabulierte und gestand mir, dass er seinen Schwanz nicht mehr fühlte. Ich meinen auch nicht, die taten uns Brom in den *Kaschisch* zum Frühstück. Das erfuhr ich von einem

Krankenpfleger, der mich sympathisch fand. »Was ist das, *Kaschisch*?« »Kaffee der schlimmsten Art, vermischt mit Kichererbsenmehl.«

»Siehst du Ali, die Strafe erstreckt sich auf alle Gebiete. Unser Aufenthalt hier soll uns überall Schwierigkeiten bereiten, damit wir auch immer bereuen, weswegen wir verhaftet worden sind. Darauf ist alles ausgerichtet. Wir müssen Sand fressen, leiden, unser Selbstvertrauen verlieren, eine Gehirnwäsche über uns ergehen lassen und mit blankem Hirn hier herauskommen, bereit, allem zu gehorchen und nie mehr Protest oder Zweifel zuzulassen. Das ist normal. Sie benutzen die gleiche Methode wie Mao und Stalin, wir sind perfekte Opfer. Da spielt es doch keine Rolle, ob wir noch Erektionen haben. Wo sollten wir denn hin mit unseren steifen, knüppelharten Schwänzen? Ich habe keine Lust mehr zu gar nichts und habe vergessen, wie ein Frauenkörper aussieht, was Verlangen, Lust und das alles ist. Das Problem ist: Wir wissen ja gar nicht, wann und ob wir überhaupt hier herauskommen, und das ist Folter. Sie lassen dich im Dunkeln, sagen dir nichts und lassen dich schmoren. Ich gebe zu, es ist hart. Wir müssen durchhalten, du und ich, sonst tun wir ihnen noch den Gefallen, uns niedergeschlagen, am Ende, kaputt zu sehen ...«

Unter uns war ein Jude, der wahrscheinlich irrtümlich verhaftet worden war. Armee und Polizei geben ihre Irrtümer niemals zu. Er war da, sagte nichts, sprach aber gut

Arabisch. Er fühlte sich einsam. Ali und ich hatten versucht, ihm näher zu kommen, doch er blieb lieber abseits. Am ersten Tag des Ramadan kam er aus der Reserve und verlangte den Sektionschef zu sprechen. Es gebe keinen Grund, warum er wie ein Moslem fasten solle. Der Kommandant wurde informiert und leitete das Problem nach Rabat weiter. Von dort kam die Order, ihm seine Mahlzeiten zu geben. Als der Sektionschef ihm mitteilte, daß er Recht bekommen hatte, dankte Marcel ihm und bat ihn, nichts dergleichen zu veranlassen.

»Ich bin wie die anderen, auch wenn ich kein Moslem bin, werde ich den Ramadan einhalten.«

Für ihn war es eine Prinzipienfrage. Er fühlte sich danach wohler und besser integriert in unsere Gruppe der Bestraften. Doch dem Kommandant gefiel diese Solidarität nicht. Er ließ Marcel rufen und befahl ihm, vor uns altes Brot zu essen:

»Du bist wohl Marokkaner, aber kein Moslem. Du bist Jude, also benimm dich auch so!«

Marcel senkte den Blick und biss in das harte, verschimmelte Brot. Beim zweiten Bissen übergab er sich. Der Kommandant verpasste ihm drei Tage Einzelhaft wegen Kotzen.

7

Unser Geruchssinn hatte sich an die manchmal ekligen Gerüche von mit Kamelfett Gekochtem gewöhnt. Mein Magen ertrug diese Nahrung nicht. Ali aß nur Brot und Teigwaren. Geschwächt waren wir alle, doch Ali übertrieb es ein bisschen. Es kam nicht in Frage aufzubegehren oder auch nur schlechte Stimmung aufkommen zu lassen. Daher träumten wir von einfachen Mahlzeiten, im Sommer, auf einer Terrasse, mit hübschen Mädchen, unbeschwerten Mienen, ungeduldigen Körpern und leichten Herzen.

Nach einer Nahrungsmittelvergiftung, von der wir fast alle betroffen waren, rief uns der Kommandant zusammen und beschloss, das Speisefett zu wechseln.

»Kamelfett ist gut für Nomaden, doch ihr seid Sesshafte, Kerle, die Energie verbrauchen müssen. Deshalb habe ich zur Verbesserung der Lage angeordnet, dass ab nun mit Rindsfett gekocht wird. Das ist angemessener, denn wenn ihr alle Dünnschiss habt, kann ich nichts mit euch anfangen. Seid froh, dass ihr genug zu essen habt. Andere gäben viel darum, an eurer Stelle zu sein. Ich weiß, ihr seid nicht hierfür geschaffen, doch das ist mir schnurzegal. Ihr wart Aufständische, da müsst ihr den Preis bezahlen. Abtreten! Bereitet euch vor. Morgen ziehen wir ins Manöver. Ich warne euch. Es sind 3 % Schäden, das heißt Tote eingeplant. Seht zu, dass ihr nicht zu dieser statistischen Minderheit gehört. Schreibt euch das hinter die Ohren!«

Er liebte diesen Ausdruck. Wir waren gute Ohrenschreiber. Ali und ich waren unzertrennlich und manchmal stieß Marcel zu uns. Der Sektionschef ließ solche Gruppenbildungen zu. Wir schmiedeten keine Komplotte. Wir wollten nur zusammen sein, zusammen essen, zusammen kotzen, unsere Ängste und Hoffnungen teilen, gemeinsam an unsere mögliche Freilassung denken.

Ali erhielt einen Brief von seinem Vater. Ein Leutnant hatte ihn ihm gebracht, der Sohn eines entfernten Vetters, der in Tanger gewesen war und an der Schule in Ahermemou etwas zu erledigen hatte.

Ali weinte, als er den Brief las. Er gab ihn mir:

Mein lieber Ali,

seit du weg bist, ist deine Mutter krank. Sie schläft nicht mehr wie vorher, ist wie besessen von deiner Abwesenheit und denkt an das Schlimmste. Der Arzt hat Atembeschwerden und Bluthochdruck diagnostiziert.

Ich musste mehrmals nach Rabat reisen, um etwas zu erfahren. Erst nach sechs Monaten habe ich herausgefunden, wo du bist und was man dir vorwirft. Beim Oberkommando der Armee weiß niemand etwas über eure Akte. Man hat mir gesagt, das sei ein Spezialdossier, für das ein General zuständig ist.

Ich habe die Eltern deines Freundes Mohamed, den du Mamed nennst, getroffen. Auch sie sind beunruhigt. Wir durchleben ein Martyrium und das Schlimmste ist, nichts zu wissen. Anscheinend dürft ihr einen Brief pro Monat schreiben. Ich habe nichts bekommen.

Dein dich umarmender Vater, der dir seinen Segen gibt und Gott und seinen Propheten bittet, dir aus diesem Tunnel herauszuhelfen. Allah ist groß und barmherzig.

8

Einige Tage später bekam ich ein merkwürdiges Fieber. Mir war heiß, ich schwitzte und geriet ins Zittern, ich war im Fieberwahn. Ali verbrachte mehrere Nächte an meiner Seite und legte mir nasse Tücher auf die Stirn. Auf der Krankenstation warfen sie mir vor, mich vor dem Manöver drücken zu wollen. Ich ging mit den anderen los und brach nach einer Stunde Fußmarsch zusammen. Ali half mir hoch und es gelang ihm, den Leutnant zu überzeugen, mich zurück auf die Krankenstation zu schicken. Ohne Alis Hilfe und Einsatz wäre ich damals vielleicht gestorben.

Das war im Dezember. Es war sehr kalt. Weil der Kommandant eine wenig schmeichelhafte Inschrift über sich auf einer Wand in der Schule gefunden hatte, trommelte er uns im Hof zusammen, forderte uns auf, uns bis auf die Unterhose auszuziehen, und ließ uns so eine gute Stunde lang stehen. Dann kam er an und schrie: »Wer auch immer diese Sauerei geschrieben hat, der soll vortreten!

Wenn er das nicht tut, bleibt ihr da bis zum letzten Mann!«
Wir waren halb erfroren, sahen uns an und wussten nicht, was zu sagen oder zu tun war. Ich sah Marcel vortreten. Der Kommandant stoppte ihn. »Nein, du warst das nicht. Das ist auf Arabisch geschrieben, du sprichst es zwar, aber ich weiß, dass du es nicht schreiben kannst. Zurück auf deinen Platz und versuch hier nicht, einem Moslem zu helfen!«

Eine Stunde später fielen die Bestraften um wie die Fliegen. Ali lag am Boden. Der Kommandant kam zurück. »Nicht schlecht: Mut und Solidarität. Kein Verräter, kein Spitzel, ihr seid gefährlich. Ich verstehe jetzt, warum ihr hier seid. Dann gehe ich eben anders vor.«

Wir gingen zurück in die Schlafsäle. Eigentlich kümmerten seine Drohungen uns wenig. Er tat nichts. Vielleicht stimmte die Inschrift ja: »Kmandar Zamel« (schwuler Kommandant). Da durfte man nicht drauf herumhacken. Das Gerücht ging, er sei der Geliebte eines Hauptmanns oder umgekehrt.

Gerüchte, immer nur Gerüchte. »Wir kommen am 3. Januar frei. Wir kommen nicht alle frei. Es gibt eine Liste, die Oufkir und vielleicht sogar der König persönlich durchgesehen hat.« Unbegründete Gerüchte, die aber unser kleines Leben ausfüllten. Dementis, Korrekturen. Marcel solle als Erster entlassen werden, weil er hier nichts zu suchen hatte. Der König habe den Ingenieur begnadigt. Den Rechtsanwalt ebenfalls. Woher kamen bloß all diese nicht überprüfbaren Informationen? Der Kommandant streute sie. Man erzählte sich auch, der Leutnant, der Alis Brief gebracht hatte, habe einen alarmierenden Bericht über die Übertretungen des Kommandanten abgegeben.

Am 3. Januar verließ niemand die Schule.

Am 8. Januar wurde Marcel zu einem Arzt gerufen, der aus Rabat gekommen war. Am nächsten Tag wurde er nach Hause gebracht.

Wir waren am 15. Januar an der Reihe. Der Arztbesuch war das Signal. Der Kommandant rief uns in sein Büro, spendierte uns einen Kaffee, etwas ganz anderes als der bittere schwarze Sud, den wir morgens bekamen. Das hier war richtiger Kaffee. Ich roch mehrmals daran, bevor ich ihn trank. Er sah uns an, als seien wir Indianer, die in die weiße Zivilisation entlassen werden sollten. Er schenkte jedem von uns noch eine Tasse ein und hielt eine merkwürdige Rede:

»Jetzt seid ihr Männer, informierte Bürger. Ihr habt gesehen und verstanden, was in diesem Land vor sich geht. Ich muss euch gestehen, dass wir Offiziere nicht erbaut darüber waren, dass die Armee dazu benutzt wurde, euch zu strafen. Die Armee ist kein Umerziehungszentrum und kein verkapptes Gefängnis. Die Armee ist eine Familie mit Werten, an deren erster Stelle die Würde steht. Doch man hat uns beauftragt, eure Würde als Bürger und

Oppositionelle zu verhöhnen. Das müsst ihr wissen. Ich weiß, wer ihr seid. Ich achte eure Überzeugungen und selbst euren Kampf. Dieses Land braucht Gerechtigkeit. Ich bin sicher, eines Tages werden sich unsere Wege kreuzen, nicht zur Unterdrückung, sondern um gemeinsam etwas Gutes, Gerechtes für dieses Volk zu tun, das in Wohlstand und Würde zu leben verdient. Die Marokkaner gewöhnen sich daran, gebückt zu leben. Sie müssen sich aufrichten. Ihr habt mich verstanden!«

Wir waren sprachlos. Vielleicht versuchte der Mann uns zu testen, um herauszufinden, was wir nach der Entlassung aus diesem Alptraum vorhatten. Er war jedoch nicht gezwungen, eine solche Rede zu halten. Er erhob sich. Wir streckten die Hand aus, um sie ihm zu reichen, er öffnete seine Arme und zog uns an sich. Wir verließen das Büro und unterdrückten ein hysterisches Gelächter. War er verrückt geworden oder was? Der harte Mann, der unerbittliche Offizier wollte in die Geschichte eingehen!

Das war es gewesen: Dreieinhalb Jahre später, am 10. Juli 1971, befehligte er die Offiziere, die versuchten, den König auf seiner Geburtstagsfeier in Skhirat zu töten. An dem Tag waren Ali und ich mit Freunden am Meer. Als die Stimme des Nachrichtensprechers das Ende der Monarchie verkündete, bekamen wir Angst. Wir wussten ganz genau, wozu diese Militärs in der Lage waren, die das Gartenfest des Königs überfallen hatten. Marokko hätte um ein Haar ein faschistisches Regime bekommen.

Wir brauchten einen Tag bis nach Tanger. Unsere beiden Familien kamen zusammen und organisierten ein großes Fest. Ali und ich waren nicht in der Lage zu verstehen, was mit uns passierte. Ein paar Tage später feierte unser spanischer Freund Ramon mit uns unsere Freilassung. Uns war nicht nach Feiern zumute. Im Kopf waren wir noch im Lager. Es ist schwirig, in wenigen Tagen die Verletzungen einer so schweren, grausamen Zeit abzustreifen. Ramon war untröstlich. Unsere Haft hatte achtzehn Monate und vierzehn Tage gedauert. Ali und ich waren fürs Leben miteinander verbunden. Seither wurde unsere Freundschaft als beispielhaft angesehen. Wir mussten lernen, diese Zeit zu vergessen, nicht mehr daran zu denken, sie endgültig hinter uns zu bringen und das Leben wieder zu genießen. Der Umgang mit Ramon sollte uns ablenken und helfen, dem Alptraum in unseren Köpfen zu entkommen.

9

Solange man nicht verurteilt oder für unschuldig befunden worden ist, bleibt man verdächtig. Mein Vater wollte verstehen, etwas tun, die ausländische Presse alarmieren, einen Prozess gegen die Armee führen ... Er war wütend und meine Mutter bat ihn inständig sich zu beruhigen.

»Was? Mein Sohn wurde verhaftet, im Kommissariat

gefoltert und dann in ein Disziplinarlager verfrachtet, und wir hatten keinerlei Nachricht. Eines schönen Tages lässt man ihn frei, als wäre nichts geschehen. Er wird in der Straße von Polizisten verfolgt, unser Haus wird überwacht, unser Telefon abgehört und du willst, dass wir diese ganze Willkür hinnehmen? Ich verlange, dass man meinem Sohn seine Ehre und Unschuld zurückgibt. Er hat niemanden umgebracht. Ich verlange, dass man ihm seinen Pass aushändigt, damit er weiter in Frankreich studieren kann. Ich will Klarheit. Er ist doch unschuldig, oder etwa nicht? Was ist das für eine königliche Gnade? Entweder mein Sohn hat ein Verbrechen begangen und er muss dafür gerade stehen oder er hat nichts getan, dann muss die Justiz das sagen und ihn reinwaschen ...«

Mein Vater hatte Recht, doch in Marokko verlaufen die Dinge nie normal. Ich nahm mein Medizinstudium in Rabat wieder auf. Ali gab den Gedanken an die Filmschule auf. Er entschied sich für ein Studium der Geschichte und Geographie an der Philosophischen Fakultät. Wir hatten sehr unterschiedliche Vorlesungszeiten. In Tanger trafen wir uns während der Ferien. Ramon war bei unseren Unternehmungen dabei. Er brachte uns zum Lachen mit seinem beeindruckenden Repertoire an Witzen. Er hätte Komiker werden können.

Bei Alis Eltern traf ich dann Ghita, die meine Frau werden sollte. Sie war die Tochter eines entfernten Vetters und machte ein paar Tage Urlaub in Tanger. Ihre Schönheit ließ mir keine Ruhe. Sie war still und beobachtete viel. Ihre Art, Dinge und Menschen anzusehen, genierte mich. Sie zog sie mit Blicken aus.

Ali warnte mich. Ich aber konnte nicht anders, ich war hingerissen und liebte diese Frau sofort. Ich sah heimlich zu ihr hin und wusste, ich würde für sie durchs Feuer gehen, alles tun, bis ans Ende ... Nein, ich hatte einen Schleier vor den Augen, war erblindet oder fast.

Ich brauchte den Rat meines Freundes, seine Zustimmung, seinen Segen. Meine Eltern, das war eine andere Sache, aber mir war wichtig, dass Ali dieser Verbindung zustimmte, denn ich wusste, wieviele Freundschaften durch Eheschließungen zugrunde gingen. Die Ehefrauen sind eifersüchtig auf die Freunde ihrer Männer, das ist bekannt, ich wollte so etwas nicht erleben.

Ich zündete mir eine meiner schlechten Zigaretten an, ein Zeichen von Nervosität, und stellte meinem Freund die Frage.

»Warte doch ab. Geh mit ihr aus. Flirte mit ihr. Überstürze nichts. Ich finde sie sehr schön und das beunruhigt mich. Eine schöne Frau ist oft mehr mit ihrer Schönheit als mit ihrem Heim beschäftigt, das muss man wissen. Das Wichtigste ist herauszufinden, ob sie dich liebt, ob sie genau so hin und weg ist wie du, denn wenn eure Liebe von Anfang an hinkt, kommt ihr nur schwer zu einem Gleichgewicht. Die Ehe besteht aber nicht nur aus Leidenschaft, sondern in erster Linie aus Arrangements, täglichen Zugeständnissen. Aber das weißt du ja alles, wir haben schon so oft darüber gesprochen. Denk nach. Ich verstehe, dass du angebissen hast: Sie ist schön, klug und diskret. Sie hat Tugenden, die ich bei keiner deiner früheren Flammen gesehen habe. Du musst sie achten, ernsthaft sein, wenn du sie heiratest. Das ist für immer, keine kleinen Abenteuer, keine kleinen Treulosigkeiten ...«

Wir gingen mehrmals mit Ali aus. Ghita brachte ihre Schwester mit. Wir gingen in die Teestube im Hotel Minzah, aßen Blätterteigkuchen und lachten über alles und nichts. Ich hielt ihre Hand. Im Sommer danach heiratete ich sie. Ich hatte meinen Facharzt noch nicht ganz abgeschlossen, aber als Hochzeitsgeschenk erhielt ich einen Pass. Der Gouverneur der Stadt überbrachte ihn mir höchstpersönlich. Ich bedankte mich nicht und fragte:

»Und was ist mit dem Pass meines Freundes Ali?«

»Morgen, ach nein, morgen ist Sonntag. Sag ihm, er soll Montag Punkt sechs Uhr abends zu mir ins Büro kommen.«

Ich fuhr nach Spanien in die Flitterwochen, Ali flog nach Paris und nahm an einem Arbeitstreffen der französischen Filmclubs in Marly-le-Roi teil.

10

Bevor ich eine eigene Praxis aufmachte, arbeitete ich im öffentlichen Gesundheitsdienst. Da lernte ich ein anderes Marokko kennen: das des Elends, der Schande und der Verzweiflung. Die Sprechstunden waren umsonst, doch wir hatten keine Medikamente. Leute mit Geld gehen in die Kliniken, noch reichere lassen sich in Frankreich behandeln, alle andern verrecken.

Mein erstes Ehejahr war voll Glück und Freude. Als Ghita schwanger wurde, fiel es mir schwer, es Ali mitzuteilen. Er hatte Soraya geheiratet, ein scheinbar ruhiges, hübsches Mädchen. Sie konnte keine Kinder bekommen. Ali sah der Wahrheit ins Auge. Eine Geburt versteckt man doch nicht. Wenn Soraya Probleme hat, ist das doch nicht Ghitas Schuld. Er teilte seiner Frau nicht nur die Neuigkeit mit, sondern bestand auch darauf, für uns bei sich zu Hause ein kleines Fest zu organisieren. »Wir sollten ein Kind adoptieren«, meinte Ali. Soraya war gerührt und dagegen. »Warten wir noch ab. Ich bin erst achtundzwanzig. Wir haben Zeit. Wir versuchen es weiter, gehen zu Spezialisten in Frankreich.« Ich sagte ihnen, dass Adoption in Marokko schwierig sei, doch wie bei allem arrangiere man sich und könne eine Lösung finden. Ein paar Monate später brachte meine Frau Soraya mit einer Vereinigung zum Schutz der Waisen und verlassenen Kinder zusammen. Sie gingen gemeinsam zu einer Dame, die sich hauptsächlich um diese Opfer der Gesellschaft kümmert.

Es nahm sie sehr mit. Soraya war fassungslos. Sie hatten Babys jeder Altersstufe gesehen, die lächelten und zu jedem wollten, der sie nur in den Arm nahm.

Später sollte ich erfahren, dass Ali und Soraya Nabil adoptierten, einen sechswöchigen Buben mit unbekannten Eltern.

Ali half mir sehr bei der Einrichtung meiner Praxis. Manchmal war ich peinlich berührt, denn er übertrieb es und das irritierte mich. Doch ich ließ es mir nicht anmerken. Ich sagte: »Danke. Das hättest du nicht tun sollen ...« Er antwortete: »Hör doch auf mit deinen vorgefertigten Formeln und kleinbürgerlichen Klischees ...« Seine Schwiegereltern boten uns eine Wohnung an. Wir hatten wenig Zeit, um miteinander zu reden und zu diskutieren, doch unsere Freundschaft drückte sich auf konkrete Weise, in einer dauerhaften Solidarität, aus. Wir waren unzertrennlich geworden. Manchmal sehnte ich mich nach Einsamkeit. Ali verstand dieses Bedürfnis nicht. Er insistierte und ich wagte nicht, ihn zu bitten, mich alleine zu lassen. Oft hatte ich den Eindruck, für ihn zu einer zweiten Familie geworden zu sein.

Geld war zwischen uns nie ein Problem gewesen. Wir waren nicht reich, hatten aber genug zum Leben und keinen Grund zur Klage. Meine Praxis ging gut. Ich hatte investiert und mich verschuldet. Wir führten ein ruhiges Leben, ohne Zwischenfälle, ohne Missverständnisse untereinander. Ali und ich machten uns zur Regel, nie über unsere Eheprobleme zu reden. Wir wussten, dass Paare vor allem Konflikte produzieren und der Ehealltag langsam die Liebe töten kann. Ich versuchte, eine gute Ehe zu führen. Ich strengte mich an, machte Zugeständnisse, was Ali wunderte. Das brauchten wir nicht zu besprechen, ich konnte es an seinem Gesicht ablesen. Ich war zum Experten in der Interpretation seiner Körpersprache geworden. Ich konnte genau sehen, was er fühlte. Er hatte ein offenes, leicht lesbares Gesicht, was mich manchmal beunruhigte. Er war sehr emotional und zeigte seine Gefühle. Ali war ein Mann, der nicht verbergen konnte, was ihn beschäftigte, ihm weh tat. Sobald ich ihn sah, wusste ich bereits, was er mir sagen wollte. Manchmal irrte ich mich, jedoch nie in wesentlichen Dingen. Seine Fähigkeit, in mein Leben, meine Welt und meine Phantasie zu dringen, faszinierte und beunruhigte mich zugleich. Diese höhere Form der Intelligenz ist gefährlich. Ich beneidete ihn. Mit der Zeit wurde diese intuitive Seite zu einer Gefahr. Wir waren wie zwei aufgeschlagene Bücher. Wir hatten keine Schutzmauern vor dem anderen. In meinem tiefsten Inneren wollte ich das nicht.

Ali lehrte an einer pädagogischen Hochschule und betrieb weiter den Filmclub der Stadt. Er hatte sich mit zwei köstlichen alten Damen befreundet, die die Buchhandlung Des Colonnes am Boulevard Pasteur führten. Sie hatten eine Leidenschaft für Literatur und Film. Ali verbrachte kostbare Momente mit ihnen und erzählte mir oft davon. Einmal die Woche tranken sie gewöhnlich Tee zusammen, tauschten ihre Leseeindrücke aus und redeten über ihre Leidenschaft für die Filme von Bergman, Fritz Lang und Mizogushi. Das war zu der Zeit, als man die Filme noch im Kino sah, als es noch kein Video gab und das Fernsehen die Filme noch nicht entstellte.

Als man mir eine Stelle bei der Weltgesundheitsorganisation in Stockholm anbot, fragte ich Ali, wo ich mir Bergmanfilme ansehen könnte. Manchmal informiert uns das Kino besser als irgendein Reiseführer über eine Gesellschaft. Ali schaffte es, mir sonntags früh im Roxy Bergmanvorführungen zu organisieren. Nach sechs Filmen hatte ich genug gesehen. Ich würde in einer anderen Welt leben, in einem seltsamen, fesselnden Universum, einer von metaphysischer Existenzangst geschüttelten, doch sehr weit entwickelten Gesellschaft. Ali gab mir voll Freude Filmunterricht und verbarg nur schwer seinen Stolz, mir etwas beibringen zu können. Ich war deswegen gereizt, zeigte es aber nicht.

11

Das Erste, das einem bei der Ankunft in Schweden auffällt, ist die Stille. Es ist eine stille Gesellschaft, ohne Aufregung und Unordnung. Ich suchte die Menge nach

Dunkelhaarigen ab ... und sah nur Blonde. Männer und Frauen sind deutlich größer als die Menschen in Marokko. Schweigen und weiße Haut, helle Augen und distanzierte Blicke, präzise und seltene Handbewegungen, eingefleischte Höflichkeit, Beachtung der Regeln ... ich hatte soeben ein Land entdeckt, in dem der Einzelmensch existiert. Wie herrlich! Eine Gesellschaft, in der alles an seinem Platz ist, in der jeder Einzelne soviel bedeutet wie der andere. Ich war bezaubert und ahnte doch, dass es hinter diesem ersten Eindruck einige Entgleisungen geben müsse. Doch ich sah das Land mit den Augen eines Marokkaners, eines Mediziners, der so sehr unter dem mangelnden Respekt vor Personen und der mangelnden Regelhaftigkeit einer Gesellschaft gelitten hatte, die nur aus Arrangements besteht. Hier traf man keine Arrangements, man arbeitete und hielt sich ganz selbstverständlich an Recht und Gesetz. Man verhandelt nicht mit den Gesetzen, das Leben ist keine Marktbude.

Von den Kollegen wurde ich begeistert aufgenommen. Keine Klapse auf den Rücken, keine Umarmungen und höfliche Formeln, die man in Marokko mechanisch herunterleiert. Die Begeisterung war ehrlich. Ich war nicht der einzige Ausländer. Es gab Afrikaner, Inder, Asiaten, Europäer. Wir redeten alle Englisch miteinander und lernten Schwedisch.

Sechs Monate später kamen meine Frau und mein Sohn nach. Ali und Soraya hatten sich um sie gekümmert.

Ich hatte sie einige Zeit in Tanger zurücklassen müssen und das beschäftigte mich ein wenig. Ich fühlte, dass ich in die Schuld meines Freundes geriet und das ist nie gut für die Freundschaft.

Nach einem Jahr im kalten Schweden bekam ich Sehnsucht nach Marokko. Es ist verrückt, doch am meisten fehlten mir die Dinge, die mir auf die Nerven gegangen waren, die lärmenden Nachbarn, die Schreie der Straßenverkäufer, die Fahrstuhlpannen und der ahnungslos vor sich hin experimentierende Techniker. Die kleinen alten Bäuerinnen, die Gemüse aus ihrem Garten und Rinderkäse verkaufen, fehlten mir auch. Und Ramon mit seinen Witzen, vor allem wenn er stottert, die Verkehrspolizisten, die man bestechen kann, um keine Strafe zahlen zu müssen. Mir fehlte auch der Staub. Es ist merkwürdig: Schweden produziert keinen Staub, oder was machen die mit dem ganzen Staub der Dinge? Wahrscheinlich recyceln sie ihn oder lassen ihn auf magische Weise einfach verschwinden. Es gibt auch keine Küchengerüche. Sie essen Salat, geräucherten oder marinierten Fisch, Trockenfleisch, kaltes Gemüse ... Das Menschengedränge auf dem Fischmarkt von Socco Chico in Tanger fehlte mir mit seinem Gestank, seinen armen tapferen Menschen. Mir fehlten die Alltagsreibereien mit den Bettlern und Krüppeln ...

Immer wieder hatte ich meinen Vater Schweden als Beispiel für Demokratie, Freiheit und Kultur anpreisen gehört. Jetzt war ich hier, stapfte durch den Schnee und hoffte, auf einen Freund zu stoßen, auf jemanden, mit dem ich reden konnte. Ich dachte an Ali, was er wohl gerade machte. Vielleicht las er ein gutes Buch oder sah sich einen guten Film an. Vielleicht langweilte er sich auch und beneidete gerade mich. Ich betrat eine Telefonkabine und rief ihn an. Er schlief. Ich musste seine Stimme hören. Es war wichtig. Ich bekam Zweifel, war melancholisch. Nach einer Minute begriff er, dass es mir nicht gut ging. Da erzählte er mir, daß er eine Schlaftablette hatte nehmen und sich Ohrenstöpsel einstecken müssen, um die entsetzliche ägyptische Fernsehserie nicht mehr mit anhören zu müssen, die sich seine uneinsichtigen Nachbarn trotz Protest bei voller Lautstärke ansahen. Als er mit seinen Einkäufen vom Markt zurückgekommen war, hatte er vollbepackt die fünf Stockwerke zu Fuß hochgehen müssen, weil der Fahrstuhl kaputt war und nicht repariert wurde, da sich die Wohnungsbesitzer weigerten, ihre Kostenanteile zu bezahlen. Der Nachbar von unten hatte jemanden aus der Baubehörde bestochen, um seinem Sohn ein Apartment bauen lassen zu können, dabei war das gefährlich und illegal. Das Treppenhaus wurde nicht mehr geputzt, denn der Concierge hatte seine Frau verstoßen und eine junge Bäuerin geheiratet, die sich weigerte, diese Arbeit zu verrichten.

»Und das sind nur die Belästigungen in meiner allernächsten Umgebung. Ich erzähle dir nicht, in welchem Zustand die Hochschule ist. Es ist ein neues Phänomen aufgetreten: Bärtige, die sich auf einen fundamentalistischen Islam berufen ... Siehst du, du weißt dein Glück gar nicht zu schätzen. Hier achtet niemand die Menschenrechte, weder der Staat noch die Bürger. Ich muss diese Scheißfernsehserie über mich ergehen lassen. Ich muss mich mit dieser Mittelmäßigkeit abfinden, ich habe keine Wahl. Denk bloß nicht daran zurückzukommen. Arbeite, lebe, reise, genieße die wahre Freiheit und vergiss Marokko. Wenn du darauf bestehst, komm im Sommer als Tourist zurück, sieh dir die Täler und Berge an, wir haben ja nicht mal ein richtiges Museum. Wir haben die Sonne, doch die habe ich auch satt, und jetzt verabschiede ich mich.«

Bevor ich auflegte, bat ich ihn, Ramon zu umarmen.

»Wenn du ihn siehst, bitte ihn, mir eine Kassette mit seinen letzten Witzen aufzunehmen und zu schicken. Ich schreibe dir morgen, mein Freund. Gott schütze dich und deine kleine Familie!«

Ich war erleichtert und fand mich damit ab. Man soll sich vor der Nostalgie hüten, diese Art Melancholie nicht aufkommen lassen. Wieder war es Ali gewesen, der mich gerettet hatte. Er schrieb mir einen langen Brief mit dem ganzen Klatsch der Stadt, erzählte mir alle Geschichten. Er schloss mit einem ziemlich traurigen Monolog über das Eheleben. Ich begriff, dass eine andere Frau in sein Leben getreten war. Seit unseren Eheschließungen hatten wir fast nicht mehr von Frauen und Liebe gesprochen.

Unbewusst hatte sich eine Art Scham zwischen uns breit gemacht. Wir gingen davon aus, dass solche Diskussionen in unsere Jugend gehört hatten und wir jetzt respektable Familienväter waren.

Ich hatte lange gebraucht, um zu begreifen, dass Ghita unsere Freundschaft nur schwer ertrug. In gewisser Weise war das normal. Eifersucht hat ein breites und unterschiedliches Spektrum. Manchmal war ich auch auf Ali eifersüchtig, weil er gebildeter war als ich, aus einer fast aristokratischen Familie stammte, schöner war als ich und durch seine Heirat reich geworden war. Ich war auch neidisch auf seine – zumindest nach außen so wirkende – Gelassenheit. Im Grunde kannte ich ihn zu gut und das genierte mich. Manchmal gab ich es vor mir selber zu, besonders in schlaflosen Nächten: Ich bin eifersüchtig, doch was hat er mehr als ich? Er ist kein Star, kein großer Medizinprofessor, kein großer Schriftsteller, woher kommt dieses Gefühl, das meine Gedanken untergräbt? Ich nehme ihm etwas übel und weiß nicht einmal genau was. Das ist seltsam, ich bin grundlos eifersüchtig, einfach so, woher kann so etwas kommen? Schlaflosigkeit ist grausam und schlecht für die Gedanken. Eifersucht kann schon aus der Tatsache entstehen, dass es den anderen gibt, egal was er tut und ist. Ich fühle mich traurig und düster. Ich bin wie ein Boot, das durch Brecher auf die Seite geworfen wird. Ich sinke unter dem Gewicht eines unheilbringenden Gefühls, tue jedoch nichts, um es abzuwerfen.

12

Nach Yanis Geburt schlug mir Ghita vor, die Taufe in Tanger zu organisieren. Als ich Ali davon erzählte, fand er das eine großartige Idee und freute sich darauf, alles vorbereiten zu können.

»Lass mich nur machen. Du sagst mir, an welchem Tag ihr ankommt und das Fest beginnt. Wir können sowas: feiern, empfangen, Festessen organisieren. Wir lieben Einladungen. Wir sind ein Volk, das sehr viel ins Essen investiert. Alles Mögliche dient zum Vorwand, Schafe und Hühner zu schlachten und ganze Heerscharen zu bewirten. Das ist unser Gütesiegel. Wahrscheinlich feiern sie in Schweden die Geburt eines Kindes mit einem Umtrunk unter Freunden und damit hat es sich. Schließlich messen sie dem Tafeln keine große Bedeutung zu, vielleicht eher dem Trinken, nach dem was du erzählst. Yanis, was für ein schöner Vorname. Ich hoffe, das marokkanische Konsulat lehnt ihn nicht ab. Es gibt Anis, den Gefährten, doch Yanis ist für mich zuallererst der Vorname eines großen griechischen Dichters, Ritsos.«

Ali verpasste keine Gelegenheit, mit seiner Bildung zu glänzen, oder vielmehr meinen Mangel an literarischer Bildung zu unterstreichen.

Als ich Ghita von Alis Vorschlag erzählte, nahm sie es übel.

»Was sonst noch? Warum soll er das Fest für meinen Sohn organisieren? Dazu sind schließlich meine Eltern da, sie werden nicht verstehen, warum jemand von außerhalb der Familie sich in unsere Taufe einmischt. Das kommt überhaupt nicht in Frage. Ruf deinen Freund an und sag ihm, er soll sich einkriegen.«

Ghita war heftig, ihr Zorn war übertrieben, sie redete, ohne vorher nachzudenken, doch im Grunde hatte sie Recht. Ich gab nach und rief Ali an, der über ihre Reaktion nicht erstaunt war.

»Das ist normal. Soraya hat mir die gleiche Szene gemacht. Als hätten sie sich abgesprochen. Lass es gut sein. Deine Schwiegereltern machen das schon.«

Das Fest war traurig. Man spürte die Spannungen zwischen den Gästen. Ich rauchte zwei Päckchen am Tag und dabei hatte ich in Schweden meinen Zigarettenkonsum reduzieren können. Meine Nerven lagen blank.

Nachmittags setzten wir uns auf die Terrasse des Café Hafa. Erinnerungen liefen wie ein alter Film ab. Bilder, Töne, Gerüche suchten uns heim. Der Abendnebel hüllte die spanische Küste ein. Ich hustete ziemlich viel, lutschte Hustenbonbons. Ich war erschöpft und konnte nicht zwischen körperlicher Müdigkeit und moralischer Ermattung unterscheiden. Ich beobachtete Ali und las die gleiche Ermattung auf seinem Gesicht. Zum ersten Mal wünschte ich, er würde einfach verschwinden. Ich fühlte mich nicht wohl, ertrug mich nicht mehr und ertrug ihn nicht mehr. Mir verlangte nach etwas Undefinierbarem, vielleicht so etwas wie jene Gelassenheit, die Ali von Natur aus hatte.

Während dieses Aufenthalts entschied ich mich, eine Wohnung im vierten Stock ihres Hauses zu kaufen. Ich wusste, dass sie Sorayas Eltern gehörte. Als ich sie mit meiner Frau zusammen besichtigte, war Ghita angetan. Man hatte einen weiten Blick auf das Meer und einen Teil des Hafens. In Ghitas Beisein beauftragte ich Ali, sich um alles zu kümmern, den Preis auszuhandeln, die Arbeiten zu beaufsichtigen usw. Er zögerte kurz.

»Ich werde nichts ohne die Zustimmung deiner Frau tun, es ist nur selbstverständlich, dass sie sich um ihre Wohnung kümmern will. Ich möchte nichts ohne Ghitas Einwilligung unternehmen, doch vor eurer Abreise müssen wir uns noch schnell auf den Preis einigen.«

Als die Wohnung gekauft war, gab ich Ali eine Vollmacht, um die nötigen Formalitäten und Arbeiten zu erledigen. Alles war klar. Ali bombardierte mich mit Faxen von Formalien, Rechnungen, Proben ... Er kümmerte sich darum, als sei es seine eigene Wohnung. Er war so eifrig dabei, mir einen Gefallen zu erweisen, dass ich am Ende ein wenig irritiert war.

In jenem Winter bekam ich die ersten Symptome meiner Krankheit. Mir konnte man nichts verbergen. Ich konnte ja selbst die Diagnose stellen und wusste, was in meinen Lungen vorging. Doktor Lovgreen, der ein Freund geworden war, war dafür, Patienten reinen Wein einzuschenken.

»Dir brauche ich doch keine Geschichten zu erzählen.

Du hast die Röntgenbilder gesehen. Zum Glück haben wir es rechtzeitig entdeckt. Wir müssen noch diese Woche mit der Chemotherapie anfangen. Du bist jung, doch dies ist eine Krebsart, die jungen Leuten liegt. Wenn du mit deiner Frau reden willst, bitte. Wir hier hüllen uns in Diskretion. Du wirst unter sehr guten Bedingungen behandelt. Verlier nicht die Nerven, ich seh an deinem Blick, dass du überrascht bist. Das ist oft so, man kann noch so informiert sein, wenn es dann passiert, ist man entwaffnet wie jeder andere Patient auch. Ich denke, wir können ihn besiegen. Ich habe ein gutes Gefühl, ich weiß, das ist nicht wissenschaftlich, doch selbst hier bei uns paart sich die Logik manchmal mit ein wenig Irrationalität. Führ deine Arbeit weiter wie bisher, lass es nur etwas langsamer angehen, lass dich vor allem nicht gehen und fallen, du mußt reagieren. So ist das Leben. Du weißt, dass ein positives Herangehen ein Pluspunkt für die Heilungschancen ist. Aber das weißt du ja alles, ich rede mit dir als dein Freund.«

13

Ich erinnerte mich an die Geschichte mit der Lawine, die einen überrascht und verschlingt. Ich erinnerte mich daran, wie meine Mutter sagte: »Mir waren Trümmer auf den Rücken gefallen, ich lag unter Ruinen.« Zuerst fühlte ich mich erdrückt, ohnmächtig vor einer Tatsache, einer Art Fatalität. Ich hätte darauf vorbereitet sein sollen. Am Ende rauchte ich ohne jeden Genuss, doch ich hatte das Bedürfnis danach. Meine Lungen verlangten nach Nikotin, nach Teer, nach schwarzen Abfällen, die meine Bronchien auffraßen und mich erstickten. Ich wusste Bescheid, glaubte aber, diesem Schicksal entgehen zu können.

Ich sah mich um und starrte die Gegenstände an. Sie waren da, solide, unvergänglich. Ich ging auf den Platz in der Nähe des Hauses und beobachtete die Passanten: Ihre Schritte waren sicher und bestimmt. Wohin gingen sie? Wie fühlten sie sich? Darunter gab es doch bestimmt mindestens eine Person in meinem Alter mit den gleichen Existenzängsten! Ich sah nur kerngesunde Leute, die keinerlei Schmerz im Körper hatten. Sogar jene alte, mühsam dahertrippelnde Dame war nicht krank. Ich war der einzige Kranke in ganz Stockholm. Davon war ich überzeugt. Die Krankheit ist auch ein genaues und überwältigendes Gefühl von Einsamkeit. Wir werden auf uns selbst zurückgeworfen.

Ich hatte das Bedürfnis zu reden, mich jemandem anzuvertrauen. Vor allem durfte ich nicht mit Ali reden. Er würde alles stehen und liegen lassen und käme her, um sich um mich zu kümmern. In seinen Augen würde ich den Fortgang der Krankheit lesen. Sein Gesicht würde zu einem unerbittlichen Spiegel werden. Wir kannten uns zu gut, um diese Gewalttour riskieren zu können. Ali war kein Schauspieler, er konnte nichts verbergen, nicht lügen oder etwas vorgeben. Nein, ich würde ihm nichts sagen. Meine Frau war bereits deprimiert. Ich würde ihr erst etwas nach Beginn der Behandlung sagen. Ich betrat eine Kneipe. Es war Mittag, die Zeit der Sandwiches und Salate.

Am Tresen stand ein Mann und trank in aller Ruhe einen großen Schoppen Bier. Ich hatte ihn ausgewählt, weil er in meinem Alter zu sein schien. Er mußte so zwischen vierzig und fünfundvierzig sein. Ich sprach ihn an, wie man es in diesem Land ganz selbstverständlich tut. Er erhob sein Glas. Ich bestellte ein Glas Weißwein. Er war Ingenieur in Göteborg und hatte einen Arbeitsauftrag in Stockholm. Er war genauso alt wie ich, fünfundvierzig. Sein Gesundheitszustand war bestens. Ich sagte ihm, dass ich soeben von meinem Lungenkrebs erfahren hätte. Er erhob sein Glas und klopfte mir auf die Schulter. Er sagte nichts, aber sein Blick war voller Anteilnahme. Ich verließ die Kneipe und konnte mich kaum noch auf den Beinen halten. Ich lief durch die Straßen, verstört, mit dem heftigen Bedürfnis, bei meiner Mutter zu sein, an ihrem Grab zu stehen und mit ihr zu reden. Mir kamen die Tränen. Ich hustete und es tat weh. Ich war müde, durcheinander und lustlos. Ich ließ alle meine Lieblingsspeisen an meinem geistigen Auge vorbeiziehen, die ich mir aus Angst vor Fettleibigkeit nicht mehr gegönnt hatte: Blätterteiggebäck, Gazellenhörnchen, kandierte Maronen, mit Butter bestrichenes Vollkornbrot, frischen Ziegenkäse, gegrillte Mandeln, mit Mandeln gefüllte Datteln, türkische Feigen, Aïcha-Feigenkonfitüre, Zitronentorte, Gänseleberpastete, Entenbein in Schmalz, *Khli'*, ja *Khli'* mit Eiern, das ist tödlich für die Leber ...

Mir war speiübel. Zu nichts hatte ich mehr Lust. Ich brauchte Zeit, um den Schock zu verarbeiten und meine Verteidigung vorzubereiten, denn es handelte sich sehr wohl um einen brutalen, seit langem geplanten Angriff. Merkwürdigerweise bekam ich Lust auf eine Zigarette. Ich hatte keine dabei. Ich konnte ja einen Passanten fragen. Nein, Schluss mit den Zigaretten!

14

Ohne Schlaf- und Beruhigungsmittel schlief ich tief und fest. Ich stand nicht einmal zum Pinkeln auf. Ich war wohl erschlagen oder erleichtert. Ich träumte nicht. Meine Frau war erstaunt. Sie meinte, ich sei wohl müde, ich brüte etwas aus, eine schlimme Grippe oder so, und ich solle doch unseren Freund Lovgreen aufsuchen. Ich hätte ihr in diesem Augenblick die schlechte Nachricht mitteilen können, aber ich wagte es nicht. Sie war glücklich an jenem Morgen, war gerade auf dem Weg zu ihrem Yogakurs und ich wollte sie nicht aus dem Gleichgewicht bringen.

Ich ging in mein Büro im Krankenhaus, weil wir die

katastrophale Situation in Bangladesch untersuchen sollten. Ein Parasit griff dort die Lungen der Menschen an. Ich war der Richtige, um an dieser Mission teilzunehmen. Ich wollte hinfahren, dachte, das würde mich von meiner eigenen Katastrophe ablenken, doch Doktor Lovgreen entschied anders. Er gab vor, mich hier zu brauchen, um die Resultate zu analysieren, die die Ärzte uns nach und nach zuschicken würden. Ich begriff, dass mein Fall hoffnungslos war. Als wir alleine waren, sagte ich es ihm auf den Kopf zu: »Wie lange habe ich noch?«

»Ich kann dir vor dem Ende der ersten Chemotherapie nichts sagen.«

Im Krankenhaus, in dem ich behandelt wurde, traf ich einen ebenfalls kranken Landsmann. Er hieß Barnouss. Das I am Ende seines Namens hatte er unterschlagen, um nordischer zu wirken, doch sein schwarzer Haarschopf und sein brauner Teint wiesen ihn als Nordafrikaner aus. Er war weniger besorgt als ich und redete mit mir wie mit einem alten Freund:

»Ganz einfach, lieber Landsmann: Hier habe ich Vertrauen. Es ist wichtig, Vertrauen in ein Land und in dessen Gesundheitssystem zu haben. Mit Vertrauen ist die Hälfte der Heilung schon erreicht. In Marokko habe ich keinerlei Vertrauen, dort bin ich schon krank, bevor ich überhaupt krank werde. Womit ich sagen will: Allein schon durch die Vorstellung, mich in den Gängen des Avicenne-Krankenhauses in Marokko wiederzufinden, halte ich den Fortgang der Krankheit an, der Schmerz vergeht, denn meine Mikroben sind intelligent, sie wollen sich nicht in einem marokkanischen Krankenhaus behandeln lassen, nein, sie kehren um, gedulden sich, warten, bis ich in Schweden bin, bevor sie sich wieder melden und hier gehe ich in Ruhe in egal welches Gesundheitszentrum in Stockholm. Weißt du, wenn ich da unten im Urlaub bin, nehme ich nicht mal Aspirin, denn dort sind die Medikamente falsch dosiert, alles ist in Arabisch beschrieben, da muss man sich in Acht nehmen. Glaubst du, wenn da Penizillin 1000 steht, das sind wirklich 1000 Einheiten? Du träumst wohl. Die tun 300 oder 400 rein und schreiben 1000. Ich habe Beweise. Zu Anfang habe ich marokkanische Medikamente genommen. Keinerlei Wirkung, nichts, alles Geschummel. Stell dir das mal vor! Ein so schönes Land mit getürkten Medikamenten! In diesem herrlichen Land hier gibt es wahre Moslems, damit meine ich Schweden, die in Wahrheit Protestanten oder Katholiken sind, uns aber behandeln, als seien sie wahre Moslems: gut, großherzig, solidarisch. Dieses Land verdient den Islam, nicht den Integrismus, nein, das ist kein Islam, das ist eine politische Sauerei. Die armen Schweden haben im übrigen Angst davor, dass Fanatiker ihr ruhiges Land in die Scheiße reiten. Ich verstehe sie ja. Doch sag mir, wie fühlst du dich? Ich garantiere dir, hier wirst du geheilt, ich bin sicher, die machen keinen Unterschied zwischen Arm und Reich, Schweden und Einwanderern.

Das ist alles dasselbe, sie respektieren alle. Ich sage: Hut ab! Und auch ich habe Respekt. Du doch auch, oder? Ich sage das, denn manche unserer Landsleute sind nie zufrieden, sie begehren auf, lärmen herum, trinken und führen sich schlecht auf. Sie haben keinen Respekt und das ist schlecht!«

Ich mochte ihn. Er sah aus wie ein Kamel, groß mit endlos langen Armen. Bei all seinem Geschwätz wusste ich gar nicht, was er eigentlich hatte. Er redete wahllos drauflos, nahm aber die Dinge von der guten Seite. Die Medikamente in Marokko sind nicht falsch dosiert, das ist nicht wahr, er hatte bloß Vorurteile. Ich hätte gerne seine Energie gehabt, seinen Glauben in den Fortschritt, seine Leidenschaft für dieses bitterkalte Land. Ich lebte mit zu vielen Unsicherheiten, zweifelte. Noch ein Charakterzug meines Freundes Ali. Das hat uns am meisten zusammengebracht. Ich sagte mir, ich müsse endlich damit aufhören, diese beiden Länder zu vergleichen, die nicht die gleiche Geschichte hatten, nicht das gleiche Klima und nicht das gleiche Schicksal. Auch wenn das schwedische Gesundheitssystem bemerkenswert war, hatte ich das Bedürfnis, nach Hause zu fahren. Wie kann man dieses Bedürfnis erklären, diese Brandwunde, dieses Knäuel, das alles in der Brust blockiert? Bevor ich mit Lovgreen oder sogar mit meiner Frau darüber sprach, rief ich Ali an. Ich sagte ihm nicht, dass ich krank war. Bloß nicht. Ich durfte ihn nicht beunruhigen, in Panik versetzen. Ich sagte ihm nur, mir fehlt der Ostwind von Tanger, mir fehlt der Staub von Tanger ...

»Ich schick dir welchen!«

Vierzehn Tage später bekam ich zwei Pakete: Das eine enthielt eine hermetisch verschlossene Plastikflasche. Auf dem Etikett stand: »Ein wenig Ostwind aus Tanger, 13. April 1990«. In dem anderen Paket war eine kleine Metallschachtel mit grauem Sand: Staub aus Tanger! Mit der gleichen Sendung kamen Stoffproben für die Vorhänge. Ali kümmerte sich weiterhin um die Wohnung. Doch mir war nicht mehr danach zumute. Ich brauchte Gesundheit, keine Vorhänge.

Ich arbeitete so ziemlich im gleichen Rhythmus weiter. Ich weihte meine Frau ein, die daraufhin mehr als vierundzwanzig Stunden lang stumm blieb. Sie konnte nichts mehr sagen. Sie war erledigt, entsetzt, lief zu Hause im Kreis herum. Sie versteckte sich zum Weinen, rief Doktor Lovgreen an, der sie beruhigte.

»Wir werden gemeinsam kämpfen. Kommt gar nicht in Frage, dass diese Scheißkrankheit uns kleinkriegt und unsere Ehe, unser Leben zerstört. Hier haben wir die Mittel, die Krankheit zu bekämpfen. Hier bleiben wir, bis wir gewonnen haben.«

Sie war stark. Ich schloss sie mit einem Gefühl in die Arme, das ich nie zuvor empfunden hatte, mit dem Gefühl einer Liebe, die stärker sein musste als die Krankheit.

15

Mein Entschluss war gefasst. Ali sollte nichts davon erfahren. Mehr noch: Ali dürfte nicht mehr mein Freund sein. Die Nachricht von der Krankheit würde sein Ruin sein, würde ihm Leid zufügen. Ich konnte sein Leiden nicht gebrauchen. Der Bruch zwischen uns würde ihn überraschen, ihm aber letzten Endes weniger weh tun. Seine Freundschaft war mir zu kostbar, als dass ich sie der Trauer und dem unaufhaltsamen Prozeß der Zellenzerstörung zum Fraß vorwerfen wollte. Eines war sicher: Ich würde sein betroffenes Gesicht nicht über mich gebeugt sehen, um mir den letzten Kuss zu geben, ich würde seine tränen- und erinnerungsgefüllten Augen nicht im Moment der Trennung erblicken, und vor allem würde ich nicht meine ganze Verzweiflung in seinem so klaren, so durchsichtigen und dadurch grausamen Blick lesen müssen. Wenn ich es schaffen sollte, würde ich es ihm erklären. Wenn ich sterben würde, bekäme er einen posthumen Brief von mir. Vielleicht würde ich mich ja Ramon anvertrauen, er war brüderlich, und mit ihm würde es sicherlich selbst dazu etwas zu lachen geben. Ich brauchte Leichtigkeit, Lachen, oberflächliche Dinge. Mit Ramon war das möglich. Unsere Bindung war nicht so stark, dass es für ihn eine Tragödie wäre und er in Tränen ausbrechen würde. Ich mochte Ramon, man sagte, er sei aus Liebe zum Islam konvertiert! Doch erstmal musste ich die Entfremdung von Ali vorbereiten, Bedingungen für einen Streit schaffen. Woran zerbricht eine Freundschaft? Am Verrat. Ali hatte nicht das Zeug zu einem Verräter. Es wäre reine Ungerechtigkeit gewesen, ihn des Verrats zu bezichtigen. Wenn er ein Verräter wäre, wäre er das bereits bei anderer Gelegenheit gewesen. Vertrauensbruch? Dazu war er unfähig. Ich ging unter einer kalten Sonne über den großen Boulevard und dachte mir verschiedene Szenarien aus, um unsere Freundschaft vor einer schmerzhaften Perspektive zu bewahren. Ich war hin- und hergerissen zwischen einem klaren Bruch ohne Erklärung, ohne Worte, und einem Streit mit Argumenten. Ich entdeckte an mir eine Fähigkeit zur Perversion, eine teuflische Phantasie und eine unmoralische Lust, mit den Gefühlen von geliebten Personen zu spielen. Das zerstreute mich, ich inszenierte meine Krankheit, als spiele ich Theater. Ich verteilte die Rollen und spielte mit dem Leben der anderen in diesem gefilterten Licht der nordischen Länder. Ich war nicht mehr ein in einem allzu zivilisierten Land verlorener Marokkaner, ich war nicht mehr Arzt im Dienste der ärmsten Bevölkerungen der Welt, ich war nicht mehr der aufmerksame, großherzige Freund, sondern ich war dabei, dem Teufel die Hand hin zu halten und ich tat es aus übermäßiger Güte – oder etwa doch nicht? Eher wohl aus Schwäche, Bosheit und Egoismus! Ich lief herum und redete mit mir selbst. Niemand wurde auf mich aufmerksam. Man kann mit sich selbst reden, ohne als verrückt zu gelten. In Marokko belästigt man Leute nicht, wenn sie auf der Straße ihre Kleider zerreißen und ihre Not herausschreien. Man sieht sie an als Menschen, die alles verloren haben, außer dem Verstand. Es sind Heilige, von der Gnade Berührte.

Ich schmiedete meine Pläne und hörte plötzlich eine tiefe Stimme zu mir sprechen. Ich drehte mich um. Da war niemand. Die Stimme rüttelte mich weiter auf.

»Du bist dabei, den Verstand zu verlieren, bei dir piept's wohl, wie kommst du darauf, deinem Freund Schlimmes ersparen zu wollen, indem du ihn zu Tode kränkst? Wo hast du das denn her? Aus einem Krimi? Oder aus dem Film über die Eifersucht, wo die Frau ihren Mann bis nach dem Tod verfolgt, indem sie die Beweise für seinen Mord an ihr gefälscht hat. Ich glaube, der Film heißt *Todsünde* mit Gene Tierney, du weißt schon: kompliziert und erschreckend ... Nein, mein Freund, kümmere dich um deine Krankheit, lass dich behandeln, lass deine Freunde dir die Hand halten, lass sie dir helfen, diese schwere Zeit zu überstehen. Du hast kein Recht, eine geliebte Person anzugreifen, mit der du schwere und glückliche Momente durchlebt hast. Oder ist es etwa die Eifersucht auf dem Grunde deiner Seele, die sich so zynisch und pervers zu Wort meldet? Eifersucht ist menschlich, sie ist ungerecht, aber weit verbreitet, sie hat nichts mit Vernunft zu tun. Sie ergreift Besitz von uns wie schlechter Atem, der im Unglück zutage tritt. Warum bist du eifersüchtig auf Ali? Was hat er mehr oder worin ist er besser als du? Ach ja, die Gesundheit, das kostbarste Gut eines menschlichen Wesens! Er wird dich überleben, er wird eure Freundschaft trauernd weiter leben und dann wird das Leben wieder die Oberhand gewinnen. Vielleicht wird er dich nicht vergessen, aber die Abwesenheit und das Schweigen werden euch für immer voneinander entfernen. Die Krankheit hat in dir die verdammte Seite deiner Seele geweckt. Du hörst auf sie und willst einen diabolischen Plan umsetzen. Nein, ich kann nicht glauben, dass du zu so etwas imstande bist.«

Die Stimme sprach zu mir und verschwand dann. Ich sah innerlich die Szenen eines Films, den Ali sehr liebte. Ich erinnerte mich an den Moment, wo die Hauptfigur ihren jungen behinderten Schwager im eiskalten Wasser ertrinken ließ, nur weil ihr Mann sich sehr um ihn kümmerte. Ich erinnerte mich an das Gift, das sie einnahm, bevor sie die Flasche im Zimmer ihrer Schwester versteckte, auf die sie eifersüchtig war. Ich erinnerte mich, wie sie sich mit den Füßen im Teppich verhedderte und die Treppe herabstürzte, um das Kind in ihrem Bauch zu verlieren, auf das sie bereits eifersüchtig war ... Ich erinnerte mich auch an das Unbehagen, das dieser Film bei mir ausgelöst hatte. Aber warum bezog ich mich darauf? Ich würde niemanden umbringen. Nur einer zu lange dauernden Freundschaft den Laufpass geben und den Schmerz darüber einsam ertragen. Meine Gründe waren unerfindlich, meine Haltung war seltsam. So ist eben die

Krankheit. Der Tod ist nichts, das Sterben besteht in der Krankheit, der langen schmerzhaften Krankheit.

Eine andere Stimme drängte mich in diese Richtung. Wir Menschen sind widersprüchlich, zweideutig, irrational.

Ich hustete, war erschöpft und mir war zum Weinen zumute. Als ich nach Hause kam, hatte Ghita rote Augen. Sie musste geweint haben. Die Kinder schliefen. Ich umarmte sie, ohne sie zu wecken. Fast wäre ich zusammengebrochen. Ich nahm mich zusammen. Ich musste positiv denken. Am nächsten Tag begann ich mit der Chemotherapie.

16

Ich antwortete nicht mehr auf Alis Briefe. Wenn er anrief, sagte Ghita ihm, dass ich in Afrika oder Asien auf Mission sei. Seine letzten Briefe waren alarmierend. Er verstand nicht, was vorging, dachte, irgend etwas sei vorgefallen und wollte es genau wissen. Ich schwieg. Als er meiner Frau sagte, er sei sehr besorgt und wolle mich besuchen kommen, denn er vermute irgendeine Krankheit, er meinte wohl eine Depression, nahm ich den Hörer und redete in kaltem trockenem Ton mit ihm:

»Nein, mach dir nicht die Mühe herzureisen, ich komme nach Marokko. Ich bringe noch einige Geschäfte zu

Ende und mache mich dann auf den Weg. Bereite die Unterlagen vor, wir rechnen ab.«

Ich legte auf, ohne seine Reaktion abzuwarten. Ich spielte meine Rolle, fühlte mich stark. Es war merkwürdig: einen Streit mit Ali herbeizuführen gab mir herrlich viel Energie. Ich brauchte mich nicht anzustrengen, um ihn wie einen Feind zu behandeln. Meine Frau verstand diese Schmierenkomödie nicht. Ich war nicht fähig, ihr meine tiefsten Gedanken und die Gründe für mein Benehmen zu erklären. Sie würde eine solche Heftigkeit in den Beziehungen nicht ertragen. Ich erfand ein Missverständnis und behauptete, Ali habe mich enttäuscht. Merkwürdigerweise argumentierte sie in die gleiche Richtung, nannte Beispiele, die ihn belasteten, was mich verwirrte und mir noch mehr weh tat.

»Stell dir das doch mal vor! Der hat dich reingelegt. Er ist ein Schmarotzer, wie alle, denen du vertraut hast, ohne dich zu fragen, warum sie Umgang mit dir haben. Die Leute sind eifersüchtig und scheinheilig, Ali ist da keine Ausnahme, er ist wie die anderen, wie der Typ, der dir das Auto mit dem getürkten Kilometerzähler verkauft hat, wie der Typ aus dem Ministerium, der sich als dein Freund ausgab und eine für dich nachteilige Stellungnahme zu deiner Versetzung nach Schweden schrieb. Du bist von falschen Fuffzigern umgeben, von Leuten, die dir nur Bananenschalen vor die Füße werfen. Da musstest du nach Schweden kommen, um dir über all das klar zu werden. Ali hätte ja ein guter Kerl sein können, doch seine Frau ist bösartig. Sie ist eifersüchtig auf dich, mich und unsere Kinder. Das ist normal, sie kann keine Kinder kriegen, da kann sie nur eifersüchtig sein. Vergiss das alles, denk an deine Gesundheit und beschwer dir den Kopf nicht mit diesen Dummheiten.«

Ich hatte nicht die Kraft, darauf zu antworten. Ich saß in der Falle.
»Du irrst dich. Das ist nicht das Problem. Später wirst du es verstehen. Ich bitte dich, sei nicht böse, sag nichts Schlechtes über andere Leute, vor allem nicht über Ali. Wir sind seit dreißig Jahren miteinander verbunden und befreundet. Bitte respektiere das und lass mich meine Probleme auf meine Art regeln.

Ich begann zu zweifeln. Ich hatte einen gefährlichen Mechanismus in Bewegung gesetzt. Ghita musste aus dem Spiel bleiben. Wie konnte ich das schaffen? Wie konnte ich sie überzeugen, dass sie hiermit nichts zu tun hatte? Ich musste dafür sorgen, dass sie neutral blieb oder zumindest eine gewisse Gleichgültigkeit zeigte. Ihre Härte hatte mich schon immer überrascht. Hinter einem fast engelhaften Aussehen verbarg sich eine gefährliche, unerbittliche, unflexible Frau. Woher kam diese Häme? Aus ihrer Kindheit und den damals erfahrenen Entbehrungen? Später erfuhr ich, dass sie mit ihrer Mutter in einem Dorf in Nordmarokko, in der harten und harschen Region des Rif, gelebt hatte. Ihr Vater war Gastarbeiter in Deutschland, er kam alle zwei Jahre im Sommer zurück. Sie wuchs ohne Zärtlichkeit und Freude auf. Sie weigerte sich, zum Psychoanalytiker zu gehen, sagte, sie fühle sich wohl in ihrer Haut, wisse was sie tue und um nichts in der Welt ändere sie ihr Temperament oder ihr Verhalten. Sie ließ keinen Zweifel an sich zu, war stur und von sich selbst überzeugt. Es war schwierig, irgendetwas mit ihr auszuhandeln. Zum Glück hatte sie andere, gute Seiten. Sie war ehrlich und offen und ertrug die in Marokko ziemlich verbreitete gesellschaftliche Scheinheiligkeit nicht. Sie war außerordentlich intelligent und gab unseren Kindern eine gute Erziehung. Sie war eine zugleich starke und zärtliche Frau.

17

Sechs Monate nach meiner ersten Chemotherapie war Doktor Lovgreen gedämpft optimistisch. Er sagte mir, ich könne reisen, nach Marokko in Urlaub fahren, doch ich müsse vorsichtig sein, keine Zigarette mehr anfassen, mich nicht neben einen Raucher oder an einen verrauchten Ort setzen. Das ist schwierig in einem Land mit sehr verbreitetem Tabakkonsum.

War das nun Autosuggestion, Spiel oder schlechter

Wille: Ich fand die von Ali möblierte Wohnung ziemlich geschmacklos? Hier hatte ich einen Anlass, um den Streit auszulösen. Ich wartete auf den richtigen Moment. Wie immer war Ali hilfsbereit und großherzig. Er wies mich darauf hin, dass ich abgemagert sei und mein Aussehen überhaupt sich geändert habe. Ich behauptete, das käme von der Arbeit, den vielen Reisen und dem ermatteten Eheleben. Wir tranken einen Kaffee und er vertraute sich mir wie früher an. Er erzählte mir von seiner spanischen Geliebten, einer Nymphomanin. »Es ist nur Sex, reiner Sex, keine Gefühle und Emotionen. Sie ist besessen von Sex. Ich fühle mich nicht schuldig, denn sie bedroht meine Ehe nicht und bringt meinen Gefühlshaushalt nicht durcheinander!« Plötzlich war ich neidisch. Ich hätte auch gerne so etwas zu erzählen gehabt. Als ich Ghita heiratete, hatte ich mich für eine stabile Ehe entschieden und schaute keine andere Frau mehr an. Es war eine rationale bequeme Entscheidung. So stellte ich meinen Willen auf die Probe. Ich liebte Ghita. Auch ich hätte eine heimliche Liebschaft mit Doktor Lovgreens Assistentin haben können. Briggit wäre zu haben gewesen und ließ es mich auf verschiedene Arten wissen, doch ich Idiot widerstand. Am liebsten hätte ich Ali wegen seiner Sichtweise der Frauen angegriffen, die er entweder sexbesessen oder hysterisch fand.

Ich wollte diese Diskussion mit ihm nicht weiterführen. Musste ich doch das Feld für den Streit vorbereiten. Ich wollte wissen, was er von dem Film *Todsünde* hielt. Er fiel aus allen Wolken. Ein so exzessiver Film. Ein gutes Drehbuch, herausragende Darsteller und dennoch überzogen. Das sei keine Eifersucht mehr, das sei pathologisch. Ich schlug ihm vor, die Paarbeziehung durch eine Männerfreundschaft zu ersetzen. Er war erstaunt und wusste nicht, worauf ich hinauswollte. »In einer Freundschaft gibt es für Eifersucht keinen Platz, denn Freundschaft ist prinzipiell ein auf Uneigennützigkeit und nicht auf finanzielle oder sexuelle Interessen gegründetes Gefühl. Seit du in Schweden lebst, siehst du das wohl anders. Hat es zwischen uns jemals Eifersucht gegeben? Ich denke nicht. Wir sind Freunde, weil wir Werte und Sorgen teilen, weil wir uns gegenseitig helfen, weil wir gemeinsam schwere Zeiten durchlebt haben, weil ich auf dich zählen kann und du auf mich, weil es zwischen uns weder Probleme mit Frauen noch mit Geld gibt ... Was suchst du, Mamed?«

In dem Moment hätte ich den Streit auslösen können, doch mir fehlte der Mut. Ich sah ihn an und hatte Tränen in den Augen. Ich wollte über mich selbst, meinen Zustand, die Ränke meiner Phantasie weinen. Ich beugte mich vor, um meine Empfindungen zu verbergen. Das Abendessen, das er für uns vorbereitet hatte, sagte ich ab. Aus Müdigkeit und Ermattung. Er schlug vor, mir Gesellschaft zu leisten. Ich winkte ab und versprach ihm, dass wir uns am nächsten Tag wiedersähen.

Ghita wies mich wieder darauf hin, dass Alis Frau neidisch war.

»Sie schaut unsere Kinder auf eine Weise an, die ich nicht mag. Sie erträgt es nicht, dass sie keine eigenen hat, auch wenn der kleine Nabil ein Schatz ist. Meinst du nicht? Denkst du, ich irre mich? Du solltest der Intuition deiner Frau vertrauen. Dein Freund, den du die ganze Zeit beweihräucherst ...«

»Hör auf! Ich erlaube dir nicht, über dreißig Jahre Freundschaft zu richten. Das ist nicht dein Problem. Etwas Respekt bitte!«

Ich war von ihren Kommentaren verärgert. In der Nacht schlief ich schlecht. Ich wollte den Zeitpunkt des Bruchs mit Ali hinauszögern. Erst am Vortag unserer Abreise schaffte ich es. Ich weiß nicht warum, doch ich wollte Ramon die Wahrheit sagen. Ich rief ihn an und wir redeten eine ganze Weile, das heißt, er hörte mir zu und gab keinerlei Kommentar ab.

In Stockholm angekommen schlief ich zwei Tage lang durch: die Müdigkeit, aber auch der Kummer, das Gefühl, einen nichtwiedergutzumachenden Fehler begangen zu haben, sowie eine Trauerarbeit inmitten meiner Krankheit. In meinem Kopf war ein großes Durcheinander. Alles vermischte sich, das Gute und das Schlechte, Neid und Schuldgefühle, der schlechte Odem der Eifersucht und das echte Gefühl, meinen Freund schonen zu wollen. Die Krankheit offenbarte sich mir selbst ohne Zartgefühl, ohne Mitleid. Die Gewissheit, »mich dem Loch zu nähern«, wie mein Großvater es nannte, beschäftigte mich Tag und

Nacht. Ich war besessen vom Gedanken an die feuchte Erde, in der mein Körper auf immer ruhen würde. Alles brachte mich auf diese niederschmetternde Vorstellung zurück.

Ich bekam mehrere Briefe von Ali und bemühte mich um unwirsche Antworten. Ich tat das unter Schwierigkeiten, denn ich zweifelte daran, ob mein Vorgehen Hand und Fuß hatte. Um über meine Unsicherheiten hinwegzukommen, schrieb ich den posthumen Brief.

III
Ramon

Drei Jahre später.

Ich war hin und wieder Zeuge dieser Freundschaft und auch in die Trennung verwickelt. Ich habe mich geweigert, in dieser Angelegenheit ein Urteil zu fällen. Mamed hat mir seine Version der Dinge erzählt, Ali die seine. Ich habe verstanden, dass es nicht eine einfache Frage des jeweiligen Standpunkts war.

Von der Krankheit zerrüttet, die den Ärzten zufolge in ihr letztes Stadium eingetreten war, fasste Mamed den Entschluss, nach Marokko zurückzukehren und hier zu sterben. Er benachrichtigte mich am Tag vor seiner Ankunft und bat mich, niemandem etwas zu erzählen. Ich holte ihn am Flughafen ab. Er war in Begleitung seiner Frau und seiner Kinder. Sein Gesicht wirkte wie eine Ruine, sein Körper war von der sich rasant entwickelnden Krankheit zersetzt. Er bezog das alte Haus seiner Eltern, schlief im Bett seiner Mutter und setzte die laut seinem Freund Doktor Lovgreen nunmehr wirkungslosen Medikamente ab. Er schloss die Augen und wartete auf den Tod. Man sagt, der Tod bewohne den Blick vierzig Tage vor dem Ende. Ghita war verstört, hielt sich aber tapfer. Sie sprach viel mit den Kindern, las ihnen schwedische Märchen vor, in denen die Kinder auf die Abwesenheit und das Unabänderliche vorbereitet werden. Ich ging zweimal täglich bei ihm vorbei. Ich bot Ghita an, einzukaufen und die Kinder auszuführen.

Als Mamed erfahren hatte, dass er verloren war, war bei ihm das heftige Bedürfnis entstanden, Schweden zu verlassen und im Elternhaus in Marokko zu sterben. Er empfand jetzt wohl, dass die nordafrikanische Erde für Tote barmherziger sei als der eisige Boden der nordischen Länder. Er hatte nicht mehr die Kraft, die Dinge miteinander zu vergleichen und das alles zu kritisieren, was in Marokko nicht funktioniert. Auf Zehenspitzen schlich er sich zurück in das einzige Land seines Herzens.

Das Familienhaus war in schlechtem Zustand. Sein Vater lebte dort alleine, umgeben von Geschichtsbüchern und einem Adressbuch, in dem bereits viele Namen durchgestrichen waren. Ab und zu kam eine alte Bäuerin zum Saubermachen. Er schwieg und erwartete seine Stunde als gläubiger Moslem, der Leben und Tod in Gottes Hände gelegt hat. Er vergaß, seine Medikamente einzunehmen, so überzeugt war er, dass bereits alles dort oben festgeschrieben und nach der Lektüre die Zeit zum Beten gekommen war.

Als er seinen Sohn ankommen sah, bekam er einen Schock. Vor ihm stand ein Mann, der so alt wirkte wie er selbst. Er weinte still vor sich hin und zitierte einen Koranvers über Gottes Willen, der allein zählt. Trotz ihres dumpfen, unterschiedlich intensiven Leidens hatten Vater und Sohn Lust, miteinander zu reden. Ich wusste, dass Mamed noch nie religiös gewesen war. Mit fünfzehn versteckte er sich während der Fastenzeit des Ramadan mal bei seinem Freund Ali, mal bei mir, um heimlich zu essen. Er glaubte an eine höhere Spiritualität und liebte am Islam die mystische Dichtung, die der andalusische Sufi Ibn Arabi für ihn verkörperte. Ich war bei den Diskussionen zwischen Vater und Sohn dabei, machte mich ganz klein, beobachtete ihre Wiederbegegnung und hörte ihre Worte an. Als ich mich zum Weggehen erhob, machte mir Mamed ein Zeichen zu bleiben.

Ich verstand, dass sein Vater der Meinung war, die Mystiker hätten aus der Gottheit ein Idol gemacht und manche hätten es sogar gewagt, sich an die Stelle von Gott zu setzen. Mamed widersprach ihm nicht, er freute sich am Gespräch mit ihm. Es war ihnen aufgefallen, dass sie wenig Gelegenheit gehabt hatten, miteinander zu reden.

»Wie geht es dir, mein Sohn? Ich spreche nicht von der Krankheit, das liegt in der Hand des Allmächtigen. Doch sonst, wie war das Leben dort in Schweden? Weißt du, ich wollte dich besuchen, ich habe immer von jenen Ländern geträumt, denn für mich verkörpern sie Geradlinigkeit, soziale Gerechtigkeit und Demokratie. Vielleicht irre ich mich ja. Ich weiß, dass oft Großbritannien als Vorbild dargestellt wird, doch ein Land, das viele Kolonien hatte, kann nicht als Beispiel für die anderen gelten. Du musst wissen, mein Sohn, zur Zeit der marokkanischen Unabhängigkeit reizte es mich, in die Politik zu gehen, doch ich begriff sehr bald, dass wir nicht bereit waren für die Ausübung der Demokratie. Ich sage nicht, dass wir nicht verdienen, unter demokratischen Verhältnissen zu leben, doch wir müssen zuerst erzogen werden, erklärt bekommen, was das ist. Wir müssen zuerst lernen zusammen zu leben. Demokratie ist keine Technik, kein Ding, das einem ermöglicht, einen Wahlzettel in eine Urne zu werfen, nein, Demokratie braucht Zeit, um sich einzurichten. Es ist eine Kultur, die man lernen muss und wir haben vergessen, sie in unseren Lehrplan aufzunehmen! Und sonst, mein Sohn, wie läuft es mit deiner Frau? Ist alles in Ordnung? Wie bei uns allen, natürlich! Ich merke, du willst schlafen. Wenn du erlaubst, lese ich ein paar Verse aus dem Koran, die dich sanfter in den Schlaf wiegen. Dann können wir noch etwas Musik hören. Ich weiß, du magst Mozart, oder? Mozart hätte nicht Marokkaner sein können, wir haben ja nun niemanden von diesem Kaliber.«

Er setzte sich auf seine Bettkante und wachte bei ihm, indem er die Sure *Die Kuh* vorlas. Dann betete er schweigend. Er schlief ein und vergaß die Musik. Auch ich betete für mich.

Mamed schlief unruhig, warf sich hin und her, als kämpfe er in einem Albtraum mit einem Gespenst. Er kämpfte gegen den Tod, der sich ihm näherte und seine Arme nach ihm ausstreckte.

Ghita teilte ihre Zeit zwischen ihrem Mann und ihren Kindern, die sie bei einer Kusine, der Leiterin einer Privatschule, untergebracht hatte. Sie antwortete am Telefon und wies höflich manche Besuchswünsche zurück. »Mamed ist erschöpft. Sobald es ihm besser geht, wird er euch aufsuchen.« Als Ali anrief, hielt Ghita kurz inne, es entstand ein verlegenes Schweigen. Sie sah mich an und flüsterte dann ihrem Mann etwas ins Ohr. Sie kam etwas fassungslos zurück. »Tut mir leid Ali, er will niemanden sehen. Wir tun ihm besser den Willen. Wenn er dich sähe, könnte das seinen Zustand verschlimmern. Adieu.« Sie sah mich wieder an, als nähme sie mich zum Zeugen. Ich senkte den Blick, als hätte ich das, was gerade gesagt worden war, nicht verstanden.

Ich stellte mir Ali vor, die Tränen in seinen Augen, seine bitter enttäuschte Miene und verzweifelten Gedanken. »Gerade jetzt braucht er mich, das ist der wichtigste Moment in einer Freundschaft, was es auch immer für Meinungsunterschiede und Missverständnisse geben mag. Ich muss ihn sehen, muss ihm meine aufrichtige Zuneigung zeigen, unmissverständlich, auch wenn er sich in mir getäuscht hat, auch wenn seine Frau alles getan hat, um uns auseinanderzubringen. Aber ich kenne ihn ja, wenn es ihm nicht gut geht, möchte er von niemandem gesehen werde. Wie damals, als er im Erziehungslager krank geworden war und mich bat, die Lampe zu löschen, damit man seine erschöpften, vom Fieber gezeichneten Gesichtszüge nicht sehen konnte. Doch das heute ist schlimmer. Er ist nach Hause gekommen, das bedeutet, dass es keine Hoffnung mehr gibt. Ich muss ihn sehen, es sei denn ... Vielleicht ist es besser so. Vielleicht wollte er, dass ich ihn als lebhaften, glücklichen und zufriedenen Menschen in Erinnerung behalte? Oder er ist böse auf mich. Doch weswegen? Weil ich ihn überlebe. Ganz einfach! Nein, so ist Mamed nicht. Ich kann das nicht glauben.«

Es fiel mir nicht schwer, mich in Ali zu versetzen und mir vorzustellen, was ihn bewegte. Ich sah ihn sich mit seinen Verdächtigungen herumschlagen, sich Fragen stellen zu dem, was sich hinter der Haltung seines Freundes verbergen könnte. Irgendetwas war vorgefallen. Er hatte mir gestanden, dass er nach wie vor nach dem Detail suchte, dem unpassenden Wortspiel, dem unheilvollen Satz, der verhängnisvollen Geste, dem schlechten Scherz, der fehlenden Aufmerksamkeit oder der Abwesenheit. Das musste es sein, Ali hatte einen historischen Moment verpasst! Doch welchen? Vor mir hat er ab und zu die letzten Jahre ihrer Verbindung Revue passieren lassen. Es gab keine sichtbare Tragödie. Keinen Fehltritt. Keinerlei Missverständnis. Ihre Freundschaft war klar, lag offen zu Tage, sie sagten sich alles, diskutierten alle Themen, vertrauten einander Geheimnisse an. Woher dann diese Wende? Ich glaube, sie hatten nicht die gleiche Wahrnehmung der Dinge, es gab Divergenzen, doch sie brachten sie nicht ins Spiel, redeten nicht darüber. Die Sache mit der Wohnung war nur ein Vorwand. Und Ali wusste auch, dass Ghitas Einfluss nicht bedeutend genug war, um diese Trennung herbeizuführen.

Seit drei Jahren grübelte Ali über diese Enttäuschung, für die es keine Erklärung gab. Er hatte sich damit abgefunden. Mamed hatte sich verändert. Die Entfernung und die Zeit konnten die Ursache für den Verschleiß dieser Freundschaft sein. Er behielt seinen Freund als zuverlässigen, treuen Menschen in Erinnerung, als jemanden, der einen anderen Weg gegangen war, andere Horizonte entdeckt hatte und nicht eine Freundschaft weiterführen wollte, die ihn an seine Schulzeit, seine Jugend und den Beginn seines Erwachsenenlebens erinnerte, ihm wie ein x-mal gelesenes Buch vorkam. Er musste ein neues Kapitel beginnen.

Jedesmal fand Ali den Beginn einer Erklärung und verzichtete dann darauf, seinen Gedankengang fortzusetzen. Er hatte von zwei ägyptischen Freunden gehört, zwei Schrifstellern, die ein gemeinsames Pseudonym gewählt hatten. Sie waren so unzertrennlich, dass man sie die Zwillinge nannte. Sie waren unterschiedlich, doch auf unauflösbare Art miteinander verbunden, in einer in Nassers Gefängnissen geschmiedeten Bruderschaft zusammengeschweißt. Als sie heirateten, hatten sie bei ihren Ehefrauen durchsetzen können, dass ihre Freundschaft nicht zur Debatte stand und wichtiger war als das Familienleben.

Das war außergewöhnlich. Sie wurden als Beispiel angeführt, denn zwischen den beiden Familien herrschte, zumindest augenscheinlich, unerklärliche Harmonie.

Sobald er wieder etwas zu Kräften kam, schrieb Mamed wieder an seinem posthumen Brief. Er nutzte die Abwesenheit seiner Frau und den Schlaf seines Vaters zum Schreiben. Dieser Brief bedeutete ihm sehr viel. Wenn er schrieb, geriet die Krankheit in den Hintergrund. Er fühlte sich wohl, seine Gedanken waren klar. Zwei befreundete Ärzte besuchten ihn, erzählten ihm lustige Anekdoten und gingen wieder, sobald er ihnen müde vorkam. Sie hatten mit ihm Examen gemacht, liebten Witze und kannten eine Unmenge scharfer Geschichten. Ich hatte keine Lust mehr, ihm welche zu erzählen, hielt mich einfach zu seiner Verfügung, blieb stundenlang bei ihm, forderte nichts, las Kriminalromane. Ich dachte an diese Freundschaft, die als Tragödie endete und merkte, dass ich nie einen wirklichen Freund gehabt hatte.

Eines Morgens bat Mamed seine Frau, die Kinder zu holen. Ghita rief mich an. Es war an einem sonnigen Montag im Winter.

»Ich muß mit ihnen reden!« Yanis und Adil waren sich der Ernsthaftigkeit des Augenblicks bewusst. Sie hielten sich an der Hand und kämpften entschlossen gegen die Tränen. »Kommt her, ich will euch umarmen. Steht zueinander. Gebt Acht. Das Leben ist schön, ihr habt das ganze Leben vor euch. Habt Vertrauen. Seid großherzig. Demütigt nie jemanden. Bringt keine Schande über andere. Verteidigt eure Rechte. Ach, seid einfach glücklich!«

Ghita weinte. Mamed legte die Hand auf ihre Augen. Die Nacht betrat seine Kammer und verließ sie nie wieder.

Mamed wurde auf dem Friedhof der Mudschahidin begraben. Ein einfaches Grab unter einem Baum. Ali war in der Menge der Trauernden. Einer unter vielen. Sein Kummer war unaussprechlich und er glaubte, dass nur er davon wusste. Ich beschloss ihn in Ruhe zu lassen.

IV
Der Brief

Ali,

diesen Brief trage ich seit Jahren in mir. Ich lese ihn immer wieder, ohne ihn auch nur geschrieben zu haben. Sobald sie mich über die Ernsthaftigkeit meiner Krankheit aufgeklärt hatten, wusste ich, dass ich dir das ersparen musste. Du magst diese Haltung ungerecht oder seltsam finden. Wir haben unsere Verbindung über dreißig Jahre lang aufgebaut und ich wollte nicht, dass Krankheit, Schmerz oder Unglück sie besetzten. Denn du musst wissen, ich bin dein Freund und ich habe mich dir gegenüber so verhalten, wie ich es von dir erwartet hätte, wenn die Krankheit den Wagemut besessen hätte, sich an dich heranzumachen. Ich hatte diese Idee, als ich alles schwarz sah, als ich noch nicht begriffen hatte, dass der Tod mitten im Leben steckt und dass der Abschied auf keinen Fall die Lebenden strafen sollte. Ich wusste nur zu gut, dass der Tod eigentlich die Krankheit ist und nicht jener entscheidende Moment, an dem alles stillsteht. Der Tod, das sind die langen Tage, die unendlichen schlaflosen Nächte, wenn der Schmerz sich bis zur Bewußtlosigkeit durch den Körper bohrt. Der Tod, das sind die Wartestunden in einem Saal vor der Untersuchung. Der Tod, das ist das Lesen der Testwerte, der Zahlenvergleich, das Abschätzen des Unbekannten. Der Tod, das ist das Schweigen und der Abgrund, vor dem man sich fürchtet, den man näherrücken und einen verschlingen sieht. Ich konnte meiner Frau und meinen Kindern diese Trauer und diesen Kummer nicht ersparen. Doch bei dir konnte ich es schaffen, durch einen einfachen provozierten Streit, ein Infragestellen deiner Ehrbarkeit, wohl wissend, dass das dein wunder Punkt ist. Ich musste dich auf Distanz bringen, dich mit deinen Zweifeln, deinen Fragen, deiner verletzten Empfindsamkeit und dem Gefühl der Ungerechtigkeit auf Abstand halten. Indem du dich von unserer Freundschaft befreitest, entferntest du dich vom Tod und begannst ein neues Kapitel. Ich konnte mir schon vorstellen, dass nicht alles so ablaufen würde, wie ich es mir vorgestellt hatte, dass du Widerstand leisten würdest, mehr erfahren wolltest, alles tun würdest, um den Sturm in deinem Herzen zu verstehen. Ich wusste, du warst verwundet und würdest nicht so einfach aufgeben. Das befürchtete ich. Dein Klugheit und deine Überzeugungskraft konnten meinen Plan zunichte machen. Ich wollte dir die Begegnung mit dem Tod ersparen, denn ich kenne dich, du wärst immer da gewesen, hättest jeden Moment im Fortschreiten der Krankheit miterlebt, wärst an meiner Seite gewesen, hättest mich bis zum Ende begleitet und in deinem Blick hätte ich das nahende Ende gelesen. Du warst jener Spiegel, in den ich nicht sehen konnte, aus Schwäche, aus verletzter Eitelkeit und, ich gestehe, vielleicht auch aus furchtbarer und unserer Freundschaft unwürdiger Eifersucht. Dein Gesicht hätte sich zwischen Krankheit und Tod geschoben, an den Rand des Abgrunds. Auf deinem Gesicht hätte ich den Beginn des langen Schlafs gesehen. Erinnerst du dich an den Film *Tote schlafen fest* mit Humphrey Bogart? Du hast mir erklärt, dass der große Schlaf der Tod ist und dass der Film deshalb unverständlich aber wundervoll ist. Ich habe wieder an jene Diskussion über das Unbegreifliche an den Dingen und an den Menschen gedacht. Du erklärtest mir, dass Intelligenz das Nichtbegreifen der Welt ist. Jetzt, da ich in diesem sich zum Grab wandelnden Bett liege, weiß ich, dass du Recht hattest.

Wir haben intensive Momente zusammen erlebt, besonders, als wir jenen idiotischen Militärs ausgeliefert waren, die in schlechtem Französisch zu uns redeten, weil sie nichts anderes konnten und es Teil der Demütigung war, die ihre Oberen uns zugedacht hatten. Du warst stark, denn du hast alle ihre beleidigenden Pläne gekontert. Ich vertraute dir. Wir ergänzten uns, denn ich war ein Großmaul, konnte ihnen die Stirn bieten und mich bei Bedarf auch körperlich schlagen. Du konntest Schläge einstecken, aber nicht zurückgeben. Du warst ein Kopfmensch und ich ganz Körper. In Wahrheit war ich beides, doch unter diesen Umständen setzte ich lieber auf meine Muskeln, denn wir hatten es mit Ungeheuern zu tun, die nur diese Sprache verstanden.

Unsere Freundschaft war so schön, weil wir nie unwürdige, kleinliche, niveaulose Dinge taten. Wir gaben sehr Acht. Wir bauten unsere Beziehung klar, ohne jede Zweideutigkeit, ohne Lüge auf. Als wir unsere Frauen kennenlernten, gab es einen Moment der Unsicherheit, doch wir hielten uns. Es fiel ihnen schwer, die Macht und die Vergangenheit dieser Freundschaft zu akzeptieren. Wir hatten ein paar Krisen, sie haben es nie ganz verwunden, dass unsere Beziehung für uns wichtiger war als die Familie. Eifersucht ist ein banales, normales Gefühl. Das muss man nur wissen und sich nicht wundern, wenn es sich regt.

Du hast mir sehr gefehlt, vor allem die ersten Jahre in Schweden. Ich wollte, dass du dieses Land entdeckst, wollte die Erfahrungen des Alltags mit dir teilen, ihre Lebensweise, ihre kühle Vernunft, ihre große Freundlichkeit, ihre Kultur des Respektierens mit dir diskutieren, kurz alles, was in unserem geliebten Land fehlt.

Ich habe die Sprache gelernt und war so stolz, Bergmanfilme im Original und ohne Untertitel sehen zu können. Ich habe die geographische Lage genutzt und die Nachbarländer besucht. Dänemark mochte ich besonders. Überall traf ich Landsleute, einige waren verloren, politische Exilanten, andere arbeiteten und hatten sich ihr

Leben in jenem Teil der Welt aufgebaut. Alle sagten mir das Gleiche: Marokko fehle ihnen, auch wenn sie dort gelitten hätten. Merkwürdig, diese starke und neurotische Verbindung, die wir mit unserem Heimatland unterhalten. Der beste Beweis ist, dass selbst ich darauf bestanden habe, zum Sterben nach Hause zu kommen. Vielleicht liegt es ja an unseren Friedhöfen. Die Gräber sind völlig willkürlich angelegt. Die Unordnung stört niemanden. Kinder bieten dir an, das von dir besuchte Grab zu gießen, alte Bauern lesen aus dem Koran und verschlucken die Hälfte der Worte, um schnell fertig zu werden und zehn Dirham zu verdienen. Unsere Friedhöfe sind Teil der Natur und keine traurigen Orte. Du solltest mal den Friedhof von Stockholm sehen! Kalt, geordnet, traurig. Ja nun, die Leute aus dem Norden lassen sich oft einäschern. Das gibt es in unserer Kultur nicht. Zusammenschrumpfen zu einem kleinen Haufen Asche in einer Kiste und dann in alle Winde verstreut werden! Das ist romantisch. Denken, dass man zur Erde zurückkehrt, zur Saat wird und als Pflanze oder Blume wiedergeboren wird. An so etwas hatten wir nie gedacht. Erinnerst du dich an deine atheistische Phase? Du wolltest deine Kinder nach Bäumen oder Blumen benennen. Du lehntest jede religiöse Referenz ab. Danach hast du diesen Dogmatismus überwunden und hast ihn durch einen anderen ersetzt: Du ertrugst die gesellschaftliche Scheinheiligkeit nicht. Wir waren uns im wesentlichen einig. Du brachtest mich zum Lachen, denn du suchtest die Perfektion im Menschen. Du sagtest nichts, doch wenn jemand sein Wort brach oder du ihn bei einer kleinen Lüge ertapptest, warst du jedesmal erstaunt.

Ich mochte deinen Umgang mit Frauen. Ich führte ein geordnetes Leben und konzentrierte mich auf meine Beziehung zur schönen Ghita, ohne andere verführen zu wollen. Das war deine Achillesferse. Ein Abendessen ohne Frauen ist ein Misserfolg. Eine Reise ohne Frauenabenteuer ist null und nichtig. Ich war so erstaunt, als du mir mitteiltest, du wolltest heiraten. Du wolltest dich mir annähern, so sein wie ich, dich für Stabilität und Konflikte entscheiden. Jeder von uns hatte sein Päckchen zu tragen. Weder deine Frau noch meine haben unsere Freundschaft jemals wirklich akzeptiert. Wir stahlen ihnen Zeit, die ihnen zustand. Wir hatten ein geistiges Band, in unserer Beziehung zu ihnen dominierte stets das Sinnliche.

Dreißig Jahre mit einigen Sonnenfinsternissen, einigen Schweigeminuten, durch Reisen verursachten Abwesenheiten, Momenten des Nachdenkens, doch niemals ein Zweifel, niemals ein Infragestellen. Wir trafen uns jedesmal mit dem gleichen intensiven Blick und der gleichen Präsenz. Die Leute dachten, wir seien uns in allem einig, doch die Qualität unserer Freundschaft beruhte auf unseren Differenzen, unseren Meinungsunterschieden, doch es gab niemals einen wirklichen Widerspruch zwischen uns. Wir ergänzten uns und wachten mit heftiger Eifersucht über die Kraft unserer Bindung.

Ich habe die Jahre der Trennung nur schwer ertragen. Wie oft stand ich kurz davor, ins Flugzeug zu steigen und dich in Tanger aufzusuchen, um dir alles zu erklären. Ich fand den Mut nicht und es war auch bereits zu spät. Ich glaubte an meinen Einfall und wollte nicht mehr zurück. Wenn ich dir Vorwürfe wegen der Rechnungen machte, bemühte ich mich um Glaubwürdigkeit. Ich bemühte alle meine schauspielerischen Fähigkeiten, um die Botschaft rüberzubringen. Ich musste überzeugend sein und durfte vor allem keine Schwäche zeigen.

Jetzt gebe ich dir zurück, was dir zusteht. Unsere Freundschaft war ein schönes Abenteuer. Sie endet nicht mit dem Tod. Sie lebt weiter in dir.

Mohamed

Tanger, Juli 2003 – Januar 2004

Tahar Ben Jelloun

Ein Plädoyer für Toleranz gegenüber dem Islam.

Tahar Ben Jelloun
Papa, was ist der Islam?

In neun Kapiteln erklärt ein Vater seiner Tochter geduldig die Geschichte des Islam: Gottes Offenbarungen an Mohammed, die anschließende Ausbreitung des neuen Glaubens, die Blütezeit islamischer Wissenschaft und Kunst während des Mittelalters, den Niedergang islamischer Kultur in der Folgezeit.

»Tahar Ben Jelloun weckt Verständnis und Faszination für den Islam, ohne mit Kritik an seinem derzeitigen Zustand zu sparen.« *Die Weltwoche*

»Schenken Sie das Buch Ihren Kindern, wenn Sie wollen, dass sie im Geiste der Toleranz und der Aufklärung erwachsen werden.« *Saarbrücker Zeitung*

Berliner Taschenbuch Verlag
Weitere Informationen: www.berlinverlag.de

Tahar Ben Jelloun

Tahar Ben Jellouns Roman über das marokkanische Straflager Tazmamart.

Tahar Ben Jelloun
Das Schweigen des Lichts

Ein Mann erzählt. Er heißt Salim und war Gefangener im Straflager Tazmamart im Süden Marokkos, verurteilt zu einem langsamen Sterben in Kälte, Schmutz und Angst. Im Gefängnis herrscht ewige Nacht. Um zu überleben lernt Salim, sich von den Bildern seiner Vergangenheit zu befreien, denn »sich erinnern heißt sterben«.

»Eine über neununddreißig Kapitelrunden sich vertiefende Romanmeditation über das Menschbleiben unter menschenfeindlichen Bedingungen.« *Frankfurter Allgemeine Zeitung*

Berliner Taschenbuch Verlag
Weitere Informationen: www.berlinverlag.de